作家的故事，
第一手臺灣藝文觀察報導

我們不在咖啡館

陳宛茜

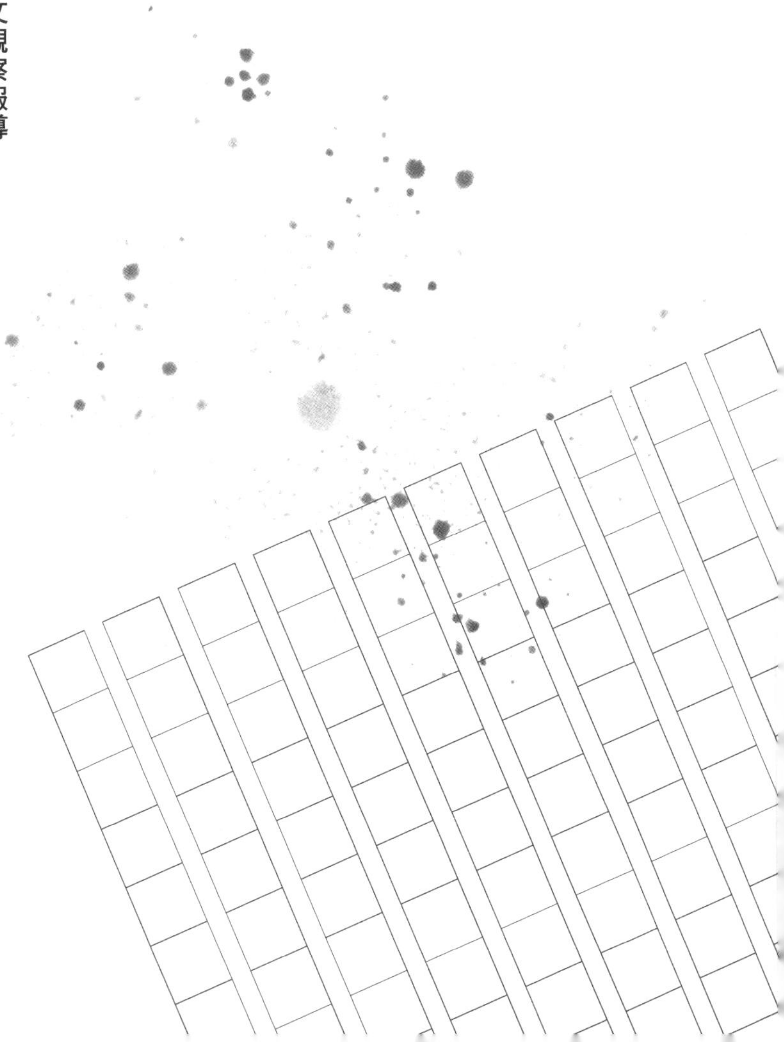

自序

台下的人生

剛任職記者時，在報上開了一個專欄「作家書房」，每週採訪一個作家，在他／她的書房裡。那時只要有機會出國，我總是會在當地找作家拜訪，到過香港、上海、北京、南陽、倫敦、紐約等地，採訪了幾百個作家。

因為要跟時間賽跑，我選的多數是資深作家或藝術家。那正是新舊世代交替的時刻——網路作家崛起，曾叱吒風雲的明星作家逐步從舞台退下；影音勢力進攻紙本世界，在我成長時代被視為明星的作家，逐漸黯淡成為一個不再閃亮的頭銜。

那時我看到的，多半是走到台下的作家，遲暮的美人或白頭的英雄。沒有了聚光燈，英雄和美人恢復了凡人的模樣，展露曾經姹紫嫣紅開過後，真實的人生。

我們這一代，成長於解嚴後的出版黃金時代，作家是一個耀眼的夢幻行業。受到廣告和電視電影的影響，我總以為作家的書桌應該位於咖啡館之中，生活中沒有柴米油鹽，寫作是一件多麼唯美浪漫的事。當我走進這些作家的書房，卻發現他們根本沒有機會走進咖啡館。許多人的前半生在戰火離亂中度過；許多人的書桌立於戰場上、陋室內，在倉皇的流浪旅途之中，或是在多年以後對家鄉的渴望之中。

作家羅蘭曾說：「淒厲的災難震撼一時，平靜的災難震撼永遠。」在許多前輩作家的書房之中，我確實可以感到這種「平靜的災難」的震撼性力量。這些力量沉澱在我們的文學之中，永遠地成為華文世界心靈文明中的一部分。

書房其實是一個神祕的空間，像一個隧道，一旦開啟了，訪客就可以慢慢走進作家的心靈世界。在這樣私密的空間裡，作家更容易敞開心房訴說平常不輕易訴說的故事；而當人生走到了這個階段，書房往往濃縮了作家一生的故事，像一本書的最後一章。

許多作家我只見過一次。他們對我來說像個謎，只能透過閱讀他們的文字，用一生的時間，逐漸解開這個謎。

一旦打開了書房，不少作家和我從此展開不再浮泛的交往。隨著歲月的沉澱和年齡的累積，我看待他們的角度也隨之轉變，這時落筆的故事，已經跟我最初的報導截然不同，長出了全新的生命。很多時候，報導者筆下的別人的人生，其實折射了自己的人生。

我也採訪了不少新世代作家。然而對於新一代的創作者，我覺得距離不夠、時間不夠，暫時沒有足夠的能力描述，因此篇幅有限。

有一段時間，我頻繁來到畫家奚淞家中，協助記錄他和摯友白先勇的對談。某次兩人完成深刻的對談後，奚淞轉過頭對我說：「我們這一代的故事，要等你說下去了。」

人的一輩子，如果能恰如其分地當個說故事的人，把上一代的故事傳給下一代，應當是一件非常幸福的事。

輯二・故事的重量

輯三・文化的江湖

輯一・他們的時代

胡品清的香水

第一次見面，胡品清送給我一瓶香水。金色瓶蓋帶著歲月的鏽蝕旋緊琥珀色液體，彷彿準備釋放某種神祕的訊息。她說，有一天你會懂。那年她八十二歲，我不到三十歲。

那一年我剛結束留學生涯，返臺接下記者工作。組長建議我採訪剛出版一本翻譯詩集的胡品清，「不要只寫這本書，更重要的是寫這個人。」當了三十年記者的組長如此叮囑。

電話裡胡品清沒說地址，只告訴我，坐公車在文化大學下車，找到陽明天主堂，斜對面一排粉白小屋子，門口種最多花草的就是她的家。她把這白色小屋命名為「香水樓」。

我在書裡讀到，胡品清年輕時嫁給法國外交官，足跡走遍河內、曼谷、巴黎⋯⋯。生活中有參加不完的宴會，豪宅裡鋪滿地毯與骨董家具。然而當我見到她的時候，八十二歲的她獨居於陽明山上的文大教職員宿舍。

胡品清極瘦，臉上戴著厚厚的眼鏡，卻穿上一襲和教授形象不太搭配的白色針織洋裝，繡得精細的蕾絲邊飄散少女浪漫氣息。她的客廳陳設極簡：一櫥書、一架打字機、一張書桌與沙發，臥室床頭卻擺滿各式各樣的香水瓶，堆得像一座小山。

獨居山上的高齡教授、詩人，和世人眼中象徵奢侈與浮華的香水，怎麼也連不起來。這應當是她年輕時的嗜好，年輕的外交官夫人，一身華服翩然遊走於達官顯要之間，搖曳一身香氣。

胡品清備好一席下午茶等我，茶具和點心的搭配賞心悅目，看得出外交官夫人的歷練。端起茶杯，她教我品嚐人生的滋味。

父親戰死沙場，胡品清的少女時代在逃難中度過。她說，自己在連綿的烽火中學會讀詩，從殘破毀壞的現實中學會對唯美事物的想望。遠嫁異國後，胡品清隨夫婿輾轉世界各地，開始華麗的流浪。離婚後，她孑然一身來到臺灣，接受文化大學的教職，頭銜從外交官夫人變成「住在陽明山上的女詩人」。

胡品清向我細數生命中住過的小樓：童年跟著奶奶住在杭州的深深庭院，長大後隨外交官夫婿進駐曼谷豪宅，回巴黎後在塞納河畔賃屋而居，離婚來臺獨居陽明山小樓，一住就是四十年。「我感覺處處不是家吶」，她想一想又修正，「但也處處是家啊」。

低頭啜飲她遞上的茶，我感嘆在她面前自己多麼蒼白。在我這樣的年紀，胡品清已經走過大山大水，經歷愛情與人生的千迴百折。這個時代的我卻像一張白紙，平順而平凡的人生。

似古典又現代的詞彙／富於半抽象美的字群／喚起空谷中自開自萎的幽蘭／午夜廊前兀自散發清芬的曇花／不上排行榜的篇章音符

胡品清客廳的牆上掛著一幅「畫」，近看原來是一首從報紙上剪下的詩。胡品清把這首鉛字印成的小詩〈冷香〉放進相框掛在牆上，時間久了，紙張泛出暈黃，「這是我最滿意的一首詩」。

走過戰亂烽火，經歷千瘡百孔的婚姻；但胡品清在「香水樓」裡寫的詩和散文，總是歌頌純粹的美與愛情，總是飄散鮮花的香氣，美得不沾染人間半點煙火。

許多雜誌想要開闢愛情專欄時，第一個想到的是她。許多讀者徘徊於感情的絕壁邊緣時，也會打電話或寫信給她，或親自到山上小屋拜訪。一位當紅的電視巨星也是書迷，親自上山拜訪胡品清。

這座山上小屋，成為人們洗滌心靈的一處桃花源。胡品清成為山下人們所嚮往的，永遠浪漫的女詩人。

但胡品清的答案總令讀者失望。她說自己認識過太多的人，經驗過太多的故事，明白「真正的愛是一無所求，是永恆的等待而非殷切地期望有所獲得。」因此她永遠處於精神戀愛，從不期待感情得到回報。陽明山的獨居生活，實踐了她對愛情堅持的純粹。

這樣純粹的愛情觀與美學，在講求回報的時代顯得曲高和寡。在我們這個時代，電視上、報紙裡的兩性作家，談起愛情總是算計與收穫、投資與報酬，「香水樓」漸漸門前冷落車馬稀。

新書《戀曲及其他》翻譯美國女詩人緹絲荳的小詩，從年輕到老。「緹絲荳是個任性的唯情主義者，一生都在追求如夢似幻的愛情，對戀人的思念是她唯一的財富。」胡品清的眼睛閃耀光彩，她用自己的人生翻譯這本書，作者寫的彷彿就是譯者自己。

胡品清的譯筆是上個世代的絕版。我聽過很多人讚嘆她的翻譯準確而優美，富含詩意，這個時代找不到這樣的譯筆。

胡品清談起新書卻嘆了口氣，「離我出版的上一本書有十多年了」。那正是新舊交替的年代，網路作家相繼崛起，將上一代作家推擠到歷史的塵埃之中。

一直到人生下半場，胡品清才開始蒐集香水。早年香水相當昂貴，一瓶名牌香水可能要耗掉教授一週的薪水，是富商巨賈才夠資格擁有的嗜好。

胡品清知道世人眼中對香水的偏見，寫了許多文章談香水。「藝術是發掘各種的美並固執地尋求，以自己的血汗換來的財力；而虛榮則是愛享受、愛金錢，而且不必辛勞地坐享其成。」她說，蒐集香水是藝術，「是小我對美的嚮往的滿足」。

她寫香水，寫的不是香水的味道，而是香水的名字：「粉紅色的巫術」、「美麗的夕暮」、「請只愛我」、「這就是人生」、「不可遺忘的」、「這是我的心」……她用凝鍊了一生的譯筆註解這一瓶瓶香水，每瓶香水的名字都足以構成一首詩。

我第一次知道，香水擁有這麼多充滿哲理的名字，一瓶香水彷彿一首詩篇。胡品清的床頭堆滿這麼多香水，也許它們儲滿了祕密，被女主人旋緊瓶蓋，馥密的幽香只有她聞得到。

年輕的胡品清在一場場宴會中流轉，收到一束束鮮花，曾豪情萬丈寫下：「女人結束生命時，該窒息在一大簇鮮花裡。」如今的她獨居在氤氳山氣裡，願望是「在講壇上傳授中西文學時，無疾而終。」送玫瑰花的人少了，胡品清自己種了滿屋花草；邀她看夕陽的人不多了，然而她的窗口總可以準確框進陽明山最美的落日。

離開前，胡品清送我一瓶香水。這是我們第一次見面，也是最後一次。

好多年後我在一家舊書店買到一本胡品清的散文集，這才發現，胡品清蒐集香水，竟是為了一個一點都不浪漫的理由。

胡品清搬到陽明山後，時常擔心租約期滿或學校解聘，無屋可住。某天她經過百貨公司的香水櫥窗，發現一張廣告寫著開幕週年大贈送，特獎是羅斯福路上的洋房一棟。為了擁有一棟自己的房子，胡品清開始購買香水。最後雖然沒抽中洋房，胡品清卻從此愛上了香水，把香水當成一門藝術收藏。

多麼市儈和無可奈何的動機，卻被胡品清昇華為藝術。

那天茶敘，她拿起茶壺告訴我，大學時代同學告訴她，「品清」的名字很好玩，像茶壺上的題字。來臺後，一位藝術家羨慕她，「你的名字太好了」，不品酒不品茶，而是品「清」，清字涵義繁複又充滿詩意。

來到陽明山之後，胡品清有了自己的解釋。她說，「品清」的「清」字不是「無瑕」，而是「將不令人滿意的現實化為神奇」。

經過了這麼多年，我也有了自己的生活歷練。我終於懂得，香水代表的是胡品清對「家」的渴望。上半生四海為家的她，下半生最大的心願是擁有一棟房子，一個屬於自己的家。

陽明山的山嵐和夕陽收容了胡品清，讓她後半生不必漂泊。雖然沒有羅斯福路上的洋樓，香水樓一直伴著胡品清，直到生命最後一刻。

胡品清開啟了我對一個時代的凝視。之後我在報紙開專欄，陸續採訪了許多和她同代的作家。許多人我只見過一面，卻讀過很多他們的書，聽過他們的故事；與他們的見面像拿到一道謎，然後用自己的人生去解開這個謎。

胡品清送給我的香水，我一直留著。每次看到，我心中就會浮起那棟花草鮮美的山中小屋，這位教我在粗糙現實中理解美和浪漫的詩人。

那一代人，就像一瓶瓶口緊閉的香水，等著我們用一生的歲月，學會開啟、學會品味。

金庸為什麼寫不出傳記

颱風前一天過境，香港維多利亞海港恢復風平浪靜，湛藍的海水裹著一層淡淡的薄霧，彷彿一面帶著滄桑的鏡子。八十多歲的金庸坐在明河社窗邊，一邊眺望波光中靜止的船帆，一邊意興遄飛地說起他創辦明報的經歷，跌宕起伏的故事不輸給他筆下的武俠小說。

文革初期，金庸白天寫社論批判翻江覆海的政治浪潮，晚上寫武俠小說《笑傲江湖》連載創造另一個江湖。金學專家說，《笑傲江湖》裡的人物都是兩岸政治人物的隱喻。但金庸不承認，只是笑呵呵地告訴我當年他行走江湖的凶險：「我在暗殺榜上排第二，第一名林彬已壯烈成仁。香港政府派警察在報館、家門前保護我，還給我十四個假車牌替換，讓歹徒跟蹤不到我的車。」

他說，這是一生中最懷念的時光。

我鼓起勇氣問他，這一生，你是否有過遺憾的時刻？

金庸辭世後，好友倪匡為他編了一本書，收錄親友談金庸的紀錄。書中，金庸幼女查傳納表示，父親不喜歡別人為他寫傳記，「他的小說就是他的平生。所以他寫完一本又一本，每本都是他的人生經歷。」

關於金庸的傳記不少，卻沒一本獲得金庸授權或認可。金庸不寫傳記，他不僅不喜歡別人為他寫傳記，甚至差點把為他寫傳記的人告上公堂。像金庸這樣名動八方、走過大時代的作家與報人，卻沒留下一本官方認證的傳記或回憶錄，用自己的角度來看自己的一生和這個時代，在華人的文學史和歷史上，不能不說是一個缺憾。

金庸為什麼不寫傳記？這在我心中是一個謎。

多年前，一個風狂雨驟的颱風夜，我接到了一通神祕的電話。電話中朋友說，一位朋友急需聯絡金庸，希望我代為幫忙。接著告訴我，一件現在想來仍覺不可思議之事。

朋友說，金庸大兒子查傳俠的前女友自殺了。這位女子三十年前和查傳俠在美國相戀，兩人爭吵後查傳俠跳樓身亡。她之後結婚生子，兒子跟當年自殺的查傳俠一樣，剛剛申請上一間美國長春藤名校。母親卻選在兒子金榜題名那一年自殺，離查傳俠辭世，足足過了三十年。

朋友希望我代為連絡金庸，告訴他兒子女友的消息。這位女子一直想告訴金庸，他的兒子不是為她而死；希望她離開人世後，這訊息能夠傳遞給金庸，了了她鬱結幾十年的心願。

在情人死後三十年殉情，這是什麼樣的愛情？這三十年來，她又背負什麼樣的心情，度過自己的人生？

我聽了震撼不已，立刻透過管道告知金庸此事，將朋友的聯絡電話轉了出去。

關於查傳俠之死，這是我第一次聽聞。我立刻上網，從零碎的網路八卦中一點一滴拼湊金庸的家庭故事。

網上說，查傳俠是金庸最引以為傲的兒子，和父親一樣從小展露傲人的寫作才華。他大學申請上美國常春藤名校，卻在上大學的第一年，人生最燦爛的青春年華，跟女友吵架後跳樓身亡。

他沒有留下遺書，自殺的原因成謎。一說是和女友吵架，負氣自殺；一說是憂憤父母離婚，以死明志。

我查不到金庸談兒子早夭的言論，但找到他在《倚天屠龍記》單行本的後記：

「然而，張三丰見到張翠山自刎時的悲痛之情，謝遜聽到張無忌死訊時的傷心，書中寫得也太膚淺了，真實人生中不是這樣的。因為那時候我還不明白。」

那篇後記，正是查傳俠自殺後半年內所寫。

網上說，金庸在兒子自殺後，潛心研究佛經。

我又在網上查到關於查傳俠母親朱玫的八卦。朱玫是金庸第二任太太，和金庸都是記者出身，兩人一起打造明報報業王國，生了二子二女，卻不能白頭到老。

形容金庸每本小說都是人生經歷的么女查傳訥，認為母親就是金庸第一部武俠小說《書劍恩仇錄》中的霍青桐：「我媽媽上街打扮得很漂亮，煮飯很好吃，工作能幹，但就是太叻（能幹）了。女人可以好叻，但在男人面前，都要留一留。」──《書劍恩仇錄》裡的霍青桐，打仗勇智過人，談情說愛卻輸給香香公主。

現實中的霍青桐，晚年貧病交迫，死時身邊沒有親人，還是醫院工作人員為她申請死亡證明書，和金庸晚年的風光形成強烈對比。據說，金庸從記者口中得知此事後淚流滿面，悲嘆「我對不起我的家人」。

金庸未曾留下一本他認證的官方傳記，這些網路上流傳的八卦，缺乏金庸本人的說法，僅止於八卦。

關於這通颱風夜的奇異電話，我沒有進一步向金庸求證，也不打算將它寫成報導。我無法開口向一位年邁的父親詢問，愛子的自殺是不是他一手造成；也不願這塵封了三十年的往事，讓大俠到了暮年還要陷入世人的八卦陣。

這通電話成為我和金庸之間的一個祕密。

又過了一兩年，我得到金庸的允許，到香港採訪他。

那是一個颱風剛剛結束的晴天，我來到位於維多利亞港畔的明河社，拜訪剛完成三修作品的金庸。此時的金庸正準備全心投入劍橋大學的歷史碩士學位，當歷史學者，是他從小的壯舉心願。

或許是放下了長久懸在心頭的大石，又要開始追求年少的夢想，那一天，金庸對我敞開了心防，回憶起波瀾壯闊的一生。話題圍繞在他一生最懷念的時光——經營明報最艱困的時期。金庸興致勃勃地談起，他如何在詭譎肅殺的政治江湖中，執筆為劍，揮灑出自己的江山。

我想起那一通電話，鼓足勇氣問金庸：這一生，你是否有過遺憾的時刻？

金庸頓住了。他不置一詞，只是把眼光移向窗外，凝視著維多利亞港裡靜止的船帆，眼神神祕而深沉。那一整個下午，他始終沒有回答這個問題。

我跟著金庸的目光望向遠處的維多利亞港。風雨已經過去，恢復平靜的海面，應當埋伏著深深的潛流吧。一生笑傲江湖的大俠，外人眼中功成名就的人生勝利組，心中是不是也有一道靜靜的伏流，不容外人挖掘，甚至連自己都不敢碰觸。

金庸的傳記，始終沒寫出來。

隨著金庸的辭世，那一通神祕的電話，那一個下午金庸深沉的眼神，沉入如海水般幽深的時間之中。

關於那通電話的真相、世人的流言蜚語，關於愛情與親情、選擇與遺憾，金庸不曾留下任何一字一句。從此，我們只能從金庸的十五本小說中，從陳家洛、郭靖、楊過、張無忌、令狐沖等人的故事中，找到一點點，讀者自以為是的答案。

渡不了的巨流河

齊邦媛齊老師告訴我，父親齊世英在臺灣蟄居的日子裡，經常回想在巨流河西岸駐紮的最後一晚。那一晚，眼看瀋陽燈火就在對岸，「為什麼我們就是渡不過巨流河？」

「父親的一生，抱憾終身。」齊老師坐在高爾夫球場餐廳裡，在我的筆記本寫下「憾」這個字。「是憾，不是恨」，她強調。

窗外陽光鮮烈，綠草如茵。作為高爾夫球場的附屬餐廳，這裡來來去去的都是企業家、政治人物……社會定義的成功人士、人生勝利組。每次去探住在養生村裡的齊老師，她總帶我們來這裡吃飯。

「別人老以為我來這裡吃飯肯定有錢。不是的，這裡有我的書迷。」齊老師說，這裡離養生村近，東西好、視野好。餐廳的經理是《巨流河》的書迷，她第一次來這裡就被認出，帶她到最好的靠窗位置。

在周圍來來去去，縱橫職場和球場的大人物之中，瘦小纖弱的齊老師總是挺著胸膛，彷彿是一尊菩薩。

二〇〇三年，八十歲的齊老師一人來到桃園龜山村，勘查還是樣品屋的長庚養生村。搭載她的小黃司機不忍，問：「兒子呢？」當時的社會氛圍，來住養老院者代表「子孫不孝」。

「我才八十歲，還有自己的日子要過。」齊老師回答。

八十歲，對許多人來說是「餘生」。散文家吳魯芹，六十五歲就出了一本散文《餘年集》。

齊老師不這麼看。她說，八十歲前我為別人而活，為家庭、子女、學生而活，八十歲後我第一次為自己而活。

在這裡，齊老師完成她的傳記《巨流河》。

《巨流河》一開頭是一場在巨流河（遼河）兩岸發生的戰役。一九二五年，齊邦媛之父齊世英，參加奉系將領郭松齡倒戈大帥張作霖的革命，兵敗逃亡。齊家兩代顛沛流離的命運、《巨流河》波濤洶湧的故事，便從這場「郭松齡兵變」開始。

齊家從此展開近百年的逃亡。「我光小學就換了七所。」齊老師跟著父母從東北輾轉逃到重慶、上海，二十三歲那年，她握著單程車票來到臺灣。

齊老師把熱情投注在文學之中。她說自己也不明白為什麼會對文學如此執著，現在想來，或許是因為在缺乏尊嚴的流亡生活中，許願「人能世世代代優雅活著」，而文學擁有這樣的力量。

齊世英和郭松齡原是惺惺相惜的至交。兵敗後，郭松齡被殺、齊世英逃離東北，郭齊兩家從此天涯各一方。

九十一年後，我在臺北一家旅館，見到郭松齡的孫子郭泰來。從他口裡，我知道了「巨流河」沒說完的故事。

郭松齡兵敗，和妻子韓淑秀雙雙遭槍決，骸骨曝屍三日，始准族人收葬。此後遭遇九一八事變、文革浩劫，兩人墓地下落不明。郭松齡之子郭鴻志留下遺囑，要求兒子郭泰來重修墓地。

近一世紀之後，郭泰來在文史工作者的協助下，終於找到祖父母墓地遺址。百年光陰流轉，墓地早毀。郭泰來捧起遺址的一把黃土，象徵性地把遺骨遷葬於瀋陽龍泉古園。

掃墓時，郭泰來和張學良孫子張居信見面。張學良原本視郭松齡為恩師，卻為了父親張作霖，師生被迫決戰巨流河。郭張兩家的百年恩怨，就在此次後代的會面中一笑泯恩仇。

當時郭泰來向同行的瀋陽日報記者表示，希望來臺拜訪齊邦媛，透過媒體居間聯繫，郭家後代終於找到了齊家後代。

「這次會面，我終於實踐了橫跨好幾代的心願」。郭泰來告訴我，百年光陰荏苒，奔流好幾代的沉痛過往應當歸於平靜，我卻從他的眼中，看到重新奔騰的巨流河。

齊老師為郭松齡的歸葬震撼不已。她說，這位希望「以戰止戰」，為東北帶來和平的將軍，死時才四十二歲。骸骨飄零百年，終於找到安頓之所。

幾年前，英國為英王理查三世舉辦國葬。理查三世於一四八五年戰死沙場，遺體下落不明。他死後五百三十年遺骸才尋獲，得到應得的隆重葬禮。

「世上政治風雲早過，這隆重葬禮的意義何在？」齊老師嘆息。

「郭松齡兵變」在《巨流河》中的篇幅不算多，卻占據開頭、結尾的關鍵位置。齊老師說，父親齊世英生前常慨嘆，這場革命若能成功，不會有九一八事變與中日戰爭，兩岸命運勢必隨之改變。

郭松齡一八八三年生於遼寧，在四川加入同盟會，辛亥革命後返回故鄉，於東北講武堂任教官。奉軍少帥張學良是他的學生，對郭欽佩不已，邀他加入奉軍。兩次直奉戰爭中，郭率領的軍隊戰功彪炳，他卻開始反思「為何而戰」。

東北沃野千里卻連年烽火，農耕缺人。郭松齡認為，東北應止戰休養生息，重啟教育。此一理念吸引自德留學歸來的齊世英，他接受郭松齡與張學良的邀請，擔任兩人籌辦的「同澤中學」校長。

不到一年，郭松齡又奉命參戰。這次他下決心「以戰止戰」，倒戈要求張作霖停戰下野，將軍政權交給兒子張學良。他誓言讓東北永無內戰，儲備實力對抗日本。

然而，這場充滿理想性的戰爭，不到兩個月便告失敗。齊老師花了幾十年時間研讀這段改變家國命運的歷史。她告訴我，史家分析失敗的原因有兩個。一是因張作霖取得日本奧援，二是郭軍士兵不忍「吃張家飯、打張家人」，連張學良也為了盡孝，被迫與恩師對戰。

一九四九年後，張學良和齊世英先後來臺定居。漫漫後半生，曾經生死相交的兩人，在小島中只見過一次面。那是齊世英在榮總住院時，張學良突然去看他。當年英姿煥發的青年，重逢時已是八十歲的老翁。兩人相見，唯一的共同話題是已成黃土的郭松齡。

齊老師說，張學良認為「郭松齡兵變」是齊世英煽動，對他不諒解。齊世英則認為，兵變若成，張學良在郭松齡的輔佐下，必能重振東北，大好江山不會被日本人奪取。即使有中日戰爭，也不會在戰勝之後，將偌大的東北交由蘇俄、共產黨、國民黨搶來打去。兩岸的命運勢將改變。

前半生為了革命顛沛流離的齊世英，後半生在臺灣終於有了安居的家，停下了腳步。然而，在此生唯一一段不必東奔西逃的日子裡，齊世英經常回想，在巨流河西岸駐紮的最後一晚。深沉的夜裡，對岸瀋陽的燈火燦爛如星星，「為什麼我們就是渡不過巨流河？」

一場渡不過巨流河的戰役，改變了兩岸的命運。齊老師輕輕喟嘆著。她送給我好幾本關於東北的歷史書籍：「你們一定不知道，地理上如此遙遠的東北，卻跟臺灣的命運如此緊密相連。」

齊老師說，父親一生中最在意的事都是失敗的。郭松齡兵變，敗了；國共內戰，敗了。父親的晚年，她和妹妹總在晚餐後為父親斟一杯酒，父親端起酒杯便流淚，慨嘆明明不該打敗的仗卻敗了，這麼大的東北和中國，都給丟了。

齊老師為父親不忍。她眼中的父親，漂亮、努力又正直，畢生追求的卻沒一件成功。

父親的遺憾，一直潛伏在齊老師的心底。

父親過世好多年以後，八十歲的齊老師來到了當時還沒多少居民的長庚養生村，開始此生第一次獨居。

「到了八十歲，我想自己找一個屬於自己的地方、只有我和一枝筆的地方，把我所記得的寫出來。」

到了這個年紀，人間一切情愛、子孫煩惱都拋下；世俗的功成名就、價值判斷也如雲煙。只剩下一件事：為自己而活，做自己真正想做的事。

齊老師想寫一本書，說出她這一輩子最想說的話。她完成了三十萬字的《巨流河》。《巨流河》是齊老師的自傳，但書中的靈魂人物是父親齊世英。她想寫的，是父親的遺憾。

在世俗的眼光中，郭松齡、張學良和齊世英，甚至是英王查理三世，應該都是失敗者吧。一九四九年之後，這麼多世俗眼光中的「失敗者」來到臺灣，聚集在臺灣。許多人如齊老師，來臺後從事教職。「有人稱我們是失敗者，但我們想將失掉的東西、無法實現的夢想教給學生，讓學生實現。」齊老師認為，臺灣文化比大陸「安靜」，應該是這些

「失敗者」的貢獻。

成王敗寇。歷史上的傳記，往往是成功者金光燦爛的紀錄。然而對於「失敗者」，他們夭折的理想、冰封的熱情，擱了一輩子的疑問，都只能隨著一抔黃土煙消雲散？

齊老師想寫的，是這一代人的遺憾。面對命運的不公，失敗的不可逆，也許只有一支筆，可以代替老天，解答累積一世紀的疑問，撫平在世者的不平。

在養生村一個人的書桌上，齊老師用一支筆，帶著這許多黑暗中的靈魂，靜靜渡過了巨流河。

下台的身影

一代青衣顧正秋辭世消息曝光後，電視台跑馬燈打上「蔣經國追不到的女人」當標題。顧正秋女兒任祥告訴我，那一整天她不敢看網路，也不敢看電視，心中有所準備：對京劇藝術陌生的世代，對一代青衣的記憶只剩下了八卦。

還沒見到顧正秋前，我已先閱讀了她的三本自傳。第一部是一九六六年的《顧正秋舞台回憶》，第二部是一九九九年的《休戀逝水》；以及二〇〇五年的《奇緣此生顧正秋》。這三本自傳都沒提到蔣經國。

一九四九年，顧正秋帶著顧劇團來臺，進駐大稻埕的永樂戲院。她原本只想演出三個月，卻遇上兩岸決裂，臺灣從此成為第二個家。顧正秋在永樂戲院連演五年，上百齣京劇戲碼，用戲曲的離合悲歡撫慰遊子的鄉愁。

蔣經國和財政部長任顯群都是座上客。傳言兩人競爭顧正秋，任顯群最終贏得美人心。顧正秋和任顯群婚後保持低調，某天相偕參加師妹張正芬婚禮，遭報紙頭版曝光。沒多久任顯群便以匪諜的名義遭捕下獄，江湖盛傳這是情敵的報復。

傳言傳了半世紀，當事人沒一個吭過聲，任憑外界捕風捉影。顧正秋出第一本傳記還在戒嚴時代，沉默是明哲保身。出第二本傳記小蔣總統已辭世，記者問為什麼不寫，她說「因為人（蔣方良）還在」。但第三本自傳面世已是蔣方良身後，她依然沉默。

隔了那麼遙遠的時代，我卻還能聽到陳年舊事掉下來的碎屑。數年前我採訪明星咖啡館老闆簡錦錐，他給我看一張蔣經國和蔣方良在「明星」合照的照片，照片中蔣經國把手放在蔣方良肩上。簡錦錐說，那時蔣經國追顧正秋的八卦傳得沸沸揚揚，蔣經國拿這張照片跟他開玩笑，說照片中的自己「看起來像是要把蔣方良掐死」。

任顯群出獄後，和顧正秋攜手到金山農場開墾。顧正秋封嗓引退，除了寥寥可數的幾次義演，不再登上舞台。退隱那年她二十五歲，正是角兒顏值和演技並盛的黃金歲月，如此決絕令人不解。研究戲曲的學者王安祈告訴我，在那樣的年代，她知道要繼續經營劇團，難了。

任祥童年在荒涼的金山農場度過。她告訴我，母親在家中放了一箱戲服藏住過往的流金歲月，每回曬「壓箱寶」，一件件頭飾、霞帔在荒野中晃盪，光彩奪目。任祥看得目眩神迷，中國文化之美在她心中留下燦爛的光影。她長大後出了一套四冊的《傳家》，把母親傳給女兒的中華文化之美與智慧寫得淋漓盡致。

顧正秋的「顧腔」千迴百轉，動亂的時代特別能勾起遊子的柔腸百轉。前行政院長郝柏村少年從軍時在南京聽過她的「蘇三起解」，說那句拐了三個小彎的「蘇～三」，放在他心中就是一輩子。我問王安祈聽過顧正秋唱戲嗎？她說，生平就只聽過一次，是顧正秋為了國家戲劇院開幕重披戲衫的經典演出，「能聽到顧腔，那需要福分啊。」

期待那樣的福分，我來到了陽明山上任祥的家。那一天，大陸國家京劇院剛跟顧正秋簽約，要將顧正秋自傳《休戀逝水》搬上京劇舞台。女兒任祥為母親辦了一場「票房」，邀京劇迷到家中票戲。我盤算著，除了一聽顧正秋「人間難得幾回聞」的顧腔，還可以問問她，華人世界都想知道的歷史之謎。

在任祥的客廳裡，我第一次正式採訪顧正秋。過去在文獻資料上看顧正秋，總覺得她的眼神在昏黃褪色的紙張上燦爛流轉，彷彿有故事要說。見到本人，青衣變成老旦，眼神依然流轉，裡頭藏了人生的千迴百轉。

提起人生將從台下搬到台上，顧正秋表示，她的傳記都講真話，「不加鹽不加醋」，她對改編的要求也是「真」。這一生學了上百齣戲，顧正秋認為京劇的精華是「忠孝節義、教化人性」，自己的人生觀與道德觀、價值觀，都是從舞台上學來。

來臺前，顧正秋在上海看麒麟童演「明末遺恨」，其中一段她記憶猶新。崇禎帝去找臣子，發現國將敗亡，朝中卻仍絃歌不輟，「這不是就是當時中國的寫照？」她說，京劇濃縮了中國人政治和人生的智慧哲理。

顧正秋曾拜京劇大師梅蘭芳為師，向程硯秋、張君秋等名角學戲，「他們不只是我學戲的老師，更是我人生的導師。」她感嘆現代許多學生學戲不再「拜師」，只從錄影帶學身段唱腔，忽略「學戲也是學人生」。

顧正秋說戲就像說人生，我聽得入了迷，忘了問問題。當我準備開口時，她似乎察覺我的意圖，微笑說：「戲要開鑼了，快去聽戲吧。」

我想著，下一次，下一次一定要開口問她這個問題。然而半年後顧正秋離世，我永遠失去了發問的機會。

任顯群。蔣經國。蔣方良。顧正秋。在這齣橫跨政壇與藝壇，融合政治和愛情的大戲中，顧正秋是四位主角中最後下台的。對於這件歷史公案，她說了算，擁有至高無上的發言權，沒有人可以反駁她。但她選擇了沉默，對於這件改變了她一生的事，她一生無言。

我看過太多人用自傳找公道，用文字進行最後的復仇。有人說顧正秋隱忍，有人說她寬大，有人說她委曲求全。但我認為這是一種智慧，從戲曲中學來的智慧，中國幾千年的智慧。

如果顧正秋寫了蔣經國，那她的自傳從此成為八卦的文本，讀者讀的永遠是那一段，她將被貼上撕不下的標籤「蔣經國追不到的女人」。逝水不再澄澈，而是黃沙滾滾。

她沒寫，前塵舊恨在她來說就只是過場，曾經翻雲覆雨的弄潮兒連配角都不是。在她自己的舞台上，顧正秋就是顧正秋，永遠的一代青衣，不是誰的誰。

拍板響起，京胡幽幽流洩樂音。那一夜，任祥的客廳變成永樂戲院，票友輪番上台唱戲。當年的台下戲迷郝柏村從權傾一時的行政院長退下，八十歲後開嗓學唱京劇，此時他上台一亮嗓唱起諸葛亮的「空城計」，彷彿引動滔滔的歷史浪潮在我們面前滾動。顧正秋在台下微笑聆聽，眼神幽幽流轉；一整晚，她都沒上台。

從台上到台下，此時的顧正秋，心中必然感慨人生如戲。

我悵然若失，沒機會聽到人間絕響顧腔。王安祈告訴我，頂尖角兒不輕易露嗓，只會把最完美的表演展現給戲迷。任祥也說，從小就知道媽媽愛聽戲、看戲，卻極少在她面前唱上一段。

戲台上的角兒，往往最重視初登場的「亮相」，追求一亮相便豔驚全場。海基會前董事長辜振甫也是永樂戲院裡的「顧粉」，曾告訴任祥，顧正秋唱戲，最美之處不在「亮相」，而是「下台的身影」。她每次下台，蓮步輕移，衣履不搖，優雅而從容迅速，不留戀也不遲疑，是完美的典範。

任祥這樣形容母親的「顧式謝幕」：「每一場成功演出，觀眾的情緒總是異常的讚嘆，踴躍的鼓掌請她出來謝幕，而她總是緩緩的往舞台中間一站，謙虛地向台口中間一鞠躬，左邊一鞠躬，右邊一鞠躬，表達了她對觀眾的感謝後，即迅速的離開舞台，她似乎從不留戀觀眾給予的熱情讚美。對她而言，表演工作者展現完美的演出是應該的。」

上台靠天分，下台靠智慧。優雅而從容，不留戀也不遲疑。顧正秋這樣的謝幕，在這個時代也是絕響了吧。

人生如戲，戲如人生

鏡頭對準戴綺霞。她搖起扇子，嬌媚一笑，雖然扇子的樣式和笑的樣子都是過時的。這裡，是木柵山上的安養院；今年，她一百歲。

「這輩子，我只做一件事。」

戴綺霞在娘胎裡就聽戲了。母親是名旦，新加坡唱戲時生下了她。她七歲學戲，三十歲跟著戲班來臺。一九四九年後回不了家，戴綺霞自組戲班，台上一站半世紀。

安養院的會客室牆上貼滿戴綺霞的照片。裡頭有蔣中正、蔣經國、顧正秋、張正芬……不論是名角或政治人物，這些台上的人都離開了他們的舞台，只有戴綺霞，一百歲還留在舞台之上。

同期來臺的名旦如顧正秋、張正芬，嫁人後早早引退，高掛戲衫。但戴綺霞始終沒下過戲，一輩子活在舞台上。

戴綺霞戲班一開半世紀。戲班解散後，戴綺霞又開了京劇補習班。但此一補習班違反法規，遭取締後她進入安養院。進安養院不到一個月，戴綺霞又成立唱戲班，教銀髮居民們唱戲，一教十五年沒停過課。

「我八十五歲進來安養院，這裡開門第五天我就進來了，一個月後在這裡成立了唱戲班。」一百歲的戴綺霞，說話清楚宏亮，她說這是天天唱戲的結果。唱戲的人，天天一早起床就要喊嗓、拉嗓，保持聲音的清亮。

安養院將會客室變成戴綺霞的私人博物館和戲班。牆面擺滿她的照片，桌上擺著各種獎牌獎狀。下午這裡時光倒流成為戴綺霞的舞台，她帶著安養院裡的鄰居，一起進入她安身立命的戲曲世界。

「我學的是花旦和刀馬旦，每天拉筋、踢腿和下腰，唱戲時需要的各種身段，我大部分都還能做。」住在安養院十五年，戴綺霞每年過生日時必定舉辦一次演出，百歲的她還是百歲的刀馬旦，踢腿、下腰樣樣來，和年輕時代一樣總能博得滿堂彩。

「說來奇怪，我的眼睛不大好，兩眼出血開過刀，平常會畏光，但只要畫妝上戲，在舞台上完全不怕光，我想是祖師爺保佑。」

郝柏村跟戴綺霞同歲，「他總是叫我『老妹子』」。戴綺霞說，郝柏村退休後開始票戲，「身體好得不得了」。唱戲時整個肺都會拉起來，可能也是一種氣功。

在顧正秋的曲會上，我聽過郝柏村唱「空城計」，他一開口「我本是臥龍崗散淡的人」，氣吞山河餘音繞樑。據說郝柏村最愛唱這支曲，諸葛亮運籌帷幄的故事，或許帶給他前半生縱橫沙場的回憶與慰藉。

在養老院裡，戴綺霞教過上千個銀髮學生，「我生旦淨末丑都教，學生想唱什麼，我就教什麼。」

京戲有一種特殊的表演方式。每個角色有其特別的程式語言，從眼神、妝容、服飾、身段、說話的方式、哭聲或笑聲，都有嚴格規定。這是幾百年傳下的智慧，讓演員在模仿扮演的過程中，慢慢進入這個角色的世界。雖然台上只有短短幾十分鐘，演員卻度過了這個角色的一生。

安養院裡的銀髮居民，每個人用一生好好扮演一個角色，來到這裡，在戴綺霞的指導下，又扮演另一個角色。

上完課，戴綺霞回到自己的房間，聽自己唱戲的錄音帶：《太真外傳》中的楊玉環、《西廂記》裡的崔鶯鶯……笛鼓交錯之間，她進入另一個世界、另一個角色。

楊玉環和崔鶯鶯是戴綺霞最愛的兩個角色。兩個人都在愛情中千迴百轉。但其實戴綺霞獨身，也沒什麼愛情經歷。「我唱戲一輩子，人生的喜怒哀樂，我在戲中都經歷過了。」戴綺霞扮演過的角色有上百個，她沒分過台上台下，把每個角色都當成自己。

過一百歲生日時，戴綺霞站上舞台唱「觀音得道」，獻給保佑她一輩子的觀世音菩薩，「感謝她讓我完成心願，一輩子都做自己最愛的事。」劇中的妙善公主也沒有戀愛、結婚，一輩子只做一件事。

「我現在也開始想往生的事了，留下的東西，該給的給，該送的送。人都是要往生的。」戴綺霞主動談起死亡，「我唱戲唱了一輩子，生老病死在戲裡都經歷過了，看得很開。」

妳的一生都在舞台上，會不會感到寂寞？我想了很久，決定不開口問戴綺霞這個問題。

如果我問了，我猜想戴綺霞應當會這樣回答：不會的，我演過上百個角色，這上百個角色的人生，我都經歷過了。

不許英雄見白頭

沈君山辭世後，媒體來到清大校園採訪。年輕的大學生對著鏡頭說，不知道沈君山是誰，雖然寫著沈君山名字的「奕園」就矗立在清大校園之中。這樣輕飄飄的時代，即使是石碑牌匾，也無法阻擋記憶的逝水如斯。

一位長輩看了新聞感慨不已，一個時代的消逝啊。在他們那一代人的記憶裡，身為「國民黨四公子」的沈君山風采翩翩，不輸給這個時代的任何一名男神。

來不及目睹沈公子的盛世。我第一次看到他是在香港，沈君山坐在輪椅上，白髮蒼蒼，臉上有著歲月留下的深邃痕跡。但他精神奕奕，言語閃爍幽默與機鋒。

我見過許多老去的英雄、遲暮的偶像。他們年輕時意氣風發，站在舞台上光芒亮得扎人；一旦從台上走到台下，被老與病打回凡人原型，往往沉默低調，不輕易讓外人看見英雄白頭。

像沈君山這樣坐著輪椅依然神采奕奕、四處旅行的名人，我是第一次見到。陪伴沈君山的人更讓我驚訝。她是「飛躍的羚羊」紀政，在臺灣外交情勢孤立凶險的年代，她揹著國旗在國際舞台上飛一樣地奔跑，創下無數世界紀錄，讓世界看見臺灣。

如今她陪在沈君山身旁，溫柔安靜。

這次的聚會起源於武俠小說。那幾年金庸動手修改作品，希望讓筆下高來高去的武俠人物低到世俗的塵土裡，擁有符合現實世界的感情。他大筆一揮，讓《射鵰英雄傳》中的黃藥師，對自己的徒兒梅超風產生曖昧情感。

看到新版《射鵰英雄傳》中黃藥師愛上梅超風的報導，沈君山立刻撥了個電話給遠流董事長王榮文。他表示，金庸作品是華人世界的文化公共財，金庸怎麼可以隨便亂改？王榮文於是安排了這一場聚會，邀沈君山飛到香港和金庸對談。沈君山留美時迷上金庸小說，兩人更因圍棋相識。多年前沈君山便曾向金庸踢館，認為《天龍八部》中改變虛竹命運的珍瓏棋局，有違真實棋理。

對髮妻一生深情的黃藥師，能不能對徒兒梅超風動了情？原本大力反對的沈君山，看完新版「射雕」後，鬆口同意金庸把兩人的感情寫得動人；還反過來質疑，以黃藥師的不拘世俗禮法，「為何不乾脆娶了梅超風？」

金庸回答，黃藥師對梅超風的感情幽微複雜，並非單純的男女之情，年輕的金迷也許不了解，「老了就會明白了」。沈君山微笑點頭，沈君山身邊的紀政，也笑了。

那一晚，金庸和沈君山暢論棋局、笑談武俠小說和人世間的感情。席間我留意紀政，她不大說話，只是在一旁靜靜陪伴。不知情的人，可能會以為她是沈君山的看護。

隔天香港報紙赫然登出一則消息：沈君山和妻子紀政相偕來港。同行的朋友大驚失色，沈太太另有其人啊。但兩人對香港記者的誤會、旁人的眼光不以為意，相處沒半點異樣。

田徑場上的女俠，為什麼會成為推動輪椅的照顧者？我心中有好大的問號。

回臺之後，我有了數次採訪沈君山的機會，一點一滴拼湊起兩人的故事。

第一次相遇時，正是沈君山和紀政人生最燦爛的時刻。兩人各自結束一段婚姻，在事業上燦爛發光。紀政離開田徑場當上立委，把飛躍羚羊的衝勁放到政壇；沈君山則是風流倜儻的沈公子，臺灣教育史上最年輕的大學校長。

從階級、族群、專業到經歷，不論從哪個角度來看，兩人都是強烈的反差，沈君山形容兩人是「兩極」；但兩顆不同軌道的星星偶然交會時，放出的光亮是加倍的燦爛。

回憶起這段感情，沈君山認為，兩人是在日本旅行時墜入情網，相處最美好的時刻也是在國外旅行。擺脫現實世界的落差與紛擾，彼此是最好的旅伴，一個指點江山學問淵博、一個精神奕奕充滿熱情。執子之手，與子偕行。

一次希臘旅行結束之後，返臺不到兩個禮拜，紀政便嫁給了別人。沈君山談到這段無疾而終的感情，沒說明原因，只說自己瘦了七公斤。最痛苦的時候，他按了好友三毛的門鈴，三毛什麼也沒問，靜靜陪他走過愛情的盡頭。

多年以後，紀政寄了一首英文詩給沈君山。沈君山翻成中文，回寄給紀政。

我從未願意，我倆就此分手
也許我們的途徑，將有各自的方向
但那不會改變
我倆分享的內心，永遠的關聯
我們永遠不會失去，我們曾有的共享
因為，不管是相距萬里，還是近在咫尺

你是，也永遠將是
我生命和我的一部分

故事如果就這樣寫下結局，那是一部俗氣的言情小說。但真實的人生，很多時候比小說還要精彩、雋永。

分手後，兩人各自展開新的婚姻。直到紀政寫傳記，出版社找上沈君山，牽起斷了二十年的線。再次重逢，沈君山已不是當年志得意滿的沈公子。他中風行動不便，獨居於清大，打了一通電話給昔日的戀人。

如果我處在人生最困頓的時刻，會讓生命最美好時刻遇到的戀人，看見我不再美好的一面嗎？

但沈君山打了電話給紀政。而紀政沒有半點猶豫，牽起他的手，陪著他復健，重新走進沈君山的生命。

此時紀政已恢復單身，沈君山還有婚姻關係。他暮年得子，妻子必須照顧年幼的孩子，約定讓看護照顧沈君山的生活。

「看護可以照顧我的生活，卻不能照顧我的生命。」紀政每次來到清大，總帶給沈君山歡愉的生命力。而當沈君山想出國旅行，邀紀政同行，她總是欣然同意。在青春相伴的時候，兩人是最好的旅伴；到了人生這個階段，他們依然是最好的伴侶／旅。

當朋友問起兩人的關係，沈君山說，當然是朋友，只能是朋友。

如果沒有病痛，沈君山和紀政重逢，大概只能相約喝一杯咖啡，一同回憶往日，痛苦與遺憾將被惆悵模糊成美麗的光影。而回憶永遠只能是回憶，像一支偶爾響起的老歌。

因為這場病，紀政重新牽起沈君山的手，用新的關係寫下故事嶄新的篇章。

「我認為我們不會再得到什麼，但肯定也不會再失去。」

沈君山自傳發表會當天，紀政陪伴出席。沈君山沒多談兩人感情，然而在書中，他用數萬字、一個短篇小說的篇幅，娓娓道來兩人長達二十年的故事。

「愛情和婚姻，真正的痛苦不是沒有得到，而是失去。」沈君山在自傳裡寫道：「世俗的得到未必真的得到，世俗的沒有得到也未必真正失去。回首往事，從來沒有得到也永遠不會失去，還有什麼要求呢？」

聽到沈君山辭世的消息，我打開他的自傳，翻到他和紀政在希臘旅行的照片。照片中兩人攜手同行，異國燦爛的陽光灑在兩人臉上，笑容中卻有一絲落寞。此時的兩人，心中應有預感，正緩緩走向愛情的終點。

我想起在香港遇到的沈君山和紀政。沈君山的笑容溫柔又燦爛，那樣的樂觀與自信，是經過歲月的沉澱之後，對於幸福的知足與珍惜。

在人生的旅途中，有那麼一個人，穿越了青春與衰老、黑髮和白頭，牽著你的手走到最後。人生走到這裡，還有什麼遺憾、還有什麼好求的？

王大閎的沉默

他從歷史的盡頭走出，帶著舊時代的步伐。我期待他告訴我一整個時代的故事，他卻一個字也沒說。

王大閎是國父紀念館、外交部、松山機場等臺北地標的設計者，理應是人盡皆知的明星建築師，卻有很長一段時間，不知怎麼地消失了。我第一次見到他時，一群建築學者正摩拳擦掌地為他出書、辦展覽，我受邀採訪他，為他的「復出」暖身。

沉默了幾十年，我以為他會有滔滔的話要說。但整場採訪他幾乎沒開口，我問的問題，多數由身邊的兒子代答。

王大閎準備復出的時刻，正是明星建築師的黃金年代。前一年國際建築界最高榮譽普立茲克獎，首次頒給了一位畫了一堆設計圖，卻還沒完成任何建築作品的明星建築師，獎勵她的紙上談兵比真正的建築更能帶給人們想像力。我認識的建築師總是四處奔波演講、參加座談、出書，想辦法宣揚自己的設計理念。因為這個時代的建築師不只要會設計，還要會「說」設計；不只懂得蓋好房子，還要懂得把房子說成一個精彩的好故事。如果不懂得把自己的建築作品說成一個好故事，連競圖都會失敗。

一個沉默的建築師，如何度過這樣眾聲喧譁、滔滔不絕的時代？

「他以前就是這樣，總是沉默不說話。」王大閎的兒子王守正說。

王大閎辭世後，建築界為他舉辦研討會。一位學者表示，他研究王大閎多年，親耳聽到王大閎說的話，不超過十句。朋友聽了感慨：「如果王大閎不這麼沉默，可能他就是貝聿銘了。」

貝聿銘是王大閎哈佛大學建築研究所同班同學，在校成績還不如王大閎。在導師葛羅培斯眼中，王大閎才是得意高徒。

王大閎和貝聿銘同年，同樣出身蘇州世家、出國留學。一個留在美國發展，一個來到臺灣。

一九四七年王大閎返回上海，和陳占祥等五位留學歐美的建築師合開五聯建築事務所，五位意氣風發的年輕建築師只來得及完成了一件作品，兩年後大家便被時代的浪潮沖散。

王大閎來到臺灣，陳占祥留在大陸。一九五〇年，陳占祥和梁思成提出保留紫禁城城牆的「梁陳方案」開罪毛澤東，在文革中被打成「建築界兩大右派」，直到一九七九年才摘下右派帽子。建築師的黃金時期，陳占祥在下鄉勞改中度過。他過世後，子女合力為父親出了一本書「建築師不是描圖機器」，讓陳占祥的一生不會悄然無聲。

或在世界舞台上喊水會結凍，或在政治的巨輪之下緘默。那樣翻天覆地的時代，同樣的家世、學歷和才華，只要一個選擇不同，人們便會走上截然不同的道路。王大閎這一代的人，回憶過往時，是否也會為自己的選擇嘆息呢？

剛來臺灣時，王大閎過了一段風光的日子。父親是中華民國首任外交總長王寵惠，人脈加上建築才華，王大閎接了許多案子，在剛從戰火中重新站起的臺北，放上望向未來的建築作品。他是那樣才華洋溢，想把自己寫進中國的建築史之中。

一九六一年，王大閎贏得故宮競圖。經歷幾十萬公里的漂泊，七十萬件國寶需要一個安身立命的家，這件作品可望成為象徵中華文化的文化地標。看過王大閎設計圖的學者說，王大閎的作品簡潔大氣，現代的外型中蘊含傳統文化底蘊。但是，此一作品的倒傘狀混凝土屋頂被認為不夠「中國」，設計權最後竟遭評審黃寶瑜拿走。

沒幾年，王大閎再度參加國父紀念館競圖。這次，他記取教訓，設計出深具中國風的草圖，贏得了設計權。

這應當是王大閎建築生涯的巔峰，他卻從鋒芒畢露轉為沉潛，日漸沉默。王守正說，國父紀念館興建這七年，父親回到家中總是把自己關在書房裡，少與家人互動。

國父紀念館從設計到落成，外界有許多傳言與揣測，但王大閎始終沉默。

他曾在雜誌上撰文，認為中國現代建築有三個方向可走：一是追隨現代西方建築，一是抄仿古代宮殿式建築，三是創造有革命性的中國新建築。他選擇了第三條路，認為國父紀念館將是一棟「表現國父偉大性格及革命創造精神的新中國式建築」。卻沒想到，這也是一次波折重重的建築革命之路。

國父紀念館保持中國傳統宮殿廟堂的「大屋頂」，造型卻略有不同，彷彿唐宋傳統文官的紗帽。傳言這引起蔣介石不滿，要求王大閎將「唐宋烏紗帽」改成清代典型的歇山式屋頂。

王大閎不願低頭。他告訴蔣，國父是一個革命者，為人樸素剛毅，紀念性建築不能像皇宮般俗氣華麗。而國父推翻清朝，也不宜用清代建築式樣來紀念。

「在戒嚴時代，這話可是會被殺頭的啊。」國父紀念館為王大閎舉辦的紀念建築展上，一位學者透露，有一位黨國大老曾告訴他，王大閎敢在此一極度政治敏感的議題上反駁老蔣總統，可是冒著生命危險。

王大閎總是沉默不語，但在別人選擇沉默的時刻，他的話語擲地有聲。

王大閎的直諫打動了老蔣總統。經過多次折衝，國父紀念館最後定調的屋頂乍看像傳統中國宮殿屋頂，屋簷尾端卻向上飛起；尤其是正門入口翹起的巨頂，完全打破中國傳統屋簷的穩定感。

國父紀念館歷經七年峻工，王大閎看似完成挑戰，但設計圖一改再改，讓他飽受挫折。一再和政治勢力斡旋妥協，不斷耗損他身為藝術家的傲氣，也讓他認清「建築是政治工具」這條潛規則。他開始創作科幻小說「幻城」，設計無法實現的登陸月球紀念碑，走向內心的世界。

一九八〇年代臺灣鄉土主義興起。過去被嫌「不夠中國」的王大閎，此時又因「太中國」而被時代浪潮淹沒，逐漸被人們遺忘。

我們說話時，王大閎在旁靜靜聆聽。他沉默不說話，卻總是維持抬頭挺胸的姿態，背脊尤其挺直。王守正說，這是王家的訓練。

從小，王守正住的房子連同家具，皆由父親親手設計。餐椅和床總是沒有靠背，因為王大閎認為，一切事物都有自己的位置和秩序，不需多餘的東西。床是為了睡覺，餐椅是為了吃飯，「靠背」根本是多餘之物。缺乏靠背的家具，鍛鍊出王家人永遠抬頭挺胸的體態。

「嘿，這是我十八歲時，父親在巴黎幫我買的第一輛車。」王大閎開口了，他指著一張黑白照片露出天真爛漫的笑容，彷彿回到年少。這是整場沉默的採訪中，我第一次聽到他開口說話。照片裡他西裝筆挺站在漂亮的黑色大汽車旁，風度翩翩。「這是限量手工車Voisin，開它上街好拉風。」他說起青春眼神發亮。

沉默的王大閎，原來也曾年少輕狂，有過驚天動地的愛情。

一九六四年九月，報紙以斗大標題登出「王寵惠兒媳　訴與夫離婚」。文中指王大閎之妻以「與人通姦」為由，與王大閎進行離婚訴訟。在當時保守的社會氛圍，此一名門望族的醜聞震驚一時。

據說，王大閎離開美國之時，好友送他知名建築師 Stanford White 傳記《欲望建築師》，告誡他：「回去之後，你可不要成為臺灣的 Stanford White」。Stanford White 因為和一名女演員的婚外情，遭其夫槍殺，案子鬧上法庭時，是轟動美國的世紀大審判。

一九五五年，三十七歲的王大閎認識十八歲的首任妻子，一年後舉行婚禮。夫妻育有兩子，婚姻卻只維持了十年。據說，王大閎婚後持續與初戀英國女友魚雁往返，與昔日上海戀人頻繁聯繫，還跟許多名媛淑女乘車出遊。

壓倒婚姻的最後一根稻草，是王大閎與為他工作的一名少女發生感情，讓妻子死心離婚。隔年，王大閎與小他三十歲的情人步入禮堂。

國父紀念館完成後，王大閎遁入自己的精神世界，開始譯寫王爾德的《格雷的畫像》，背景改成臺北。他在書中寫道：「忠實有如一個畫家只畫一幅傑作，那是他缺乏想像力和自認無能。」

某天經過國父紀念館，我望著夕陽餘暉下這棟美麗建築，突然想起，王大閎向一位學者形容國父紀念館尾端飛起的金黃色屋頂「就像少女飛揚的裙襬」。我心念一動，一查資料，王大閎設計國父紀念館的時間，正是他和少女情人墜入情網的時期。難道，這棟建築隱藏愛情的紀念？

「復出」後，王大閎從歷史的塵埃中走出，拿到遲來的獎項與榮耀。許多場合我也出席，只見王大閎始終沉默，臉上表情一如我第一次初見。

他依然抬頭挺胸，沉默堅定地看著這個世界。

面對時代的撥弄，他是默默接受還是冷眼旁觀。我很想知道，王大閎幽深的眼睛裡藏著什麼？

他一個字也沒說。就像他簡單精鍊的建築，在歷史的塵埃中抬頭挺胸，沉靜無言，等待我們的解讀。

蝸牛的速度

駱駝有寫不完的／沙漠故事／每一步就是一個字／長長的故事夠他寫／忘了日曬／忘了口渴／從來不問／到了沒有／到了沒有

林良翻開剛出版的詩集《蝸牛》，帶領台下觀眾，一句句朗誦書中詩作〈駱駝〉。這一年，林良九十四歲，總計創作了兩百多本書，兩千多首詩作。

我也坐在台下。身邊的讀者有國小學生，擎起稚嫩的臉龐一字字跟著念；有家長，從他們臉上溫柔的光芒，我猜想他們應該跟我一樣，喚起了童年讀林良的溫馨回憶；也有白了頭髮的讀者，跟著作家越過了這麼長的故事與沙漠。

一個作家從二十歲持續寫到九十歲，沒有中斷過，他的讀者便是這樣的風景。

念完詩，林良笑呵呵地說，有小孩子問他，為什麼到了這個歲數還要寫作，「到底要寫作寫到什麼時候啊？」他決定以詩代答，寫了這首〈駱駝〉，表示自己「從來不問／到了沒有／到了沒有」。

台下的觀眾都笑了。

作家通常早慧，小小年紀便讀四書五經、世界名著。但林良不一樣，他說自己因為太喜歡兒童文學，到了初二還在讀童書。身邊的同學都在讀象徵進步的五四新文學，只有林良還在讀童言童語的童書，常遭同儕取笑。但林良反駁：「我看過的童書你們都沒看過，太可惜了。」

住在被海浪包圍的廈門，林良二十二歲前的記憶是藍色的。二戰期間日本占領廈門，許多人準備逃難到南洋。林良父親眼看家中藏書帶不走，便和鄰居好友共開舊書店，擺賣藏書籌措逃難旅費。

這是林良閱讀「大人書」的開始。這間舊書店把林良帶入成人讀物的世界，「我才知道書的世界多麼浩瀚廣大」。這些主人帶不走的書自成一個宇宙，在戰火中指引林良打開另一個世界。

我們繼續跟著林良念他寫的詩。林良的詩句總是簡單卻帶著韻律，像無形的波浪緩緩敲擊讀者的心靈。

林良是從海浪中開始寫詩的。他擔任福建青年日報記者時，住在四面環海的廈門鼓浪嶼，海浪構成他生命的節奏，他的詩裡都是飛濺的海浪。

那時喜愛文學的福建青年日報總編輯，就住在編輯部對面。林良總是拿編輯部的廢紙當稿紙寫詩，摺成紙飛機，站到總編家中洗手間的窗口。「我站在窗口等，等老總刷牙時，就丟新詩紙飛機給他。他覺得好，比一個手勢，隔天新詩就見報了。」

我彷彿看見那架新詩紙飛機，在林良和讀者之間飛行。

來臺後，林良進入國語日報主編兒童副刊。當時的國語日報位在植物園裡，許多同事的孩子就讀國語日報對面的國語實小，下課後成群結伴到報社等父母下班。「他們來這裡帶父母回家。」林良這麼形容這群孩子。這群孩子成了林良的朋友，也成為他主要的寫作靈感。

林良把孩子當朋友，平等的朋友。他結婚時，喜宴中有一桌專門為「小朋友」而設，坐滿還在讀國小的「忘年之交」。他的喜宴還有一項創舉——從頭到尾無人致詞，讓大小賓客盡情用餐。這項「善舉」迄今仍為文壇津津樂道。

林良說，他寫童詩、童話時，心中對話的讀者「不是概念化、想像中的小孩」，而是一個個他認識的孩子，「因此我有把握他們聽不聽得懂？笑不笑得出來？」

「要說故事給孩子聽，得先聽孩子說故事」。大人多半自以為是高高在上，沒耐心聽小孩子說故事，但林良總是豎起耳朵聽小孩子說故事，觀察他們如何思考、如何使用語言。

我看著身邊的小讀者，他們跟著「林良爺爺」念詩，笑得很開心。九十四歲作家的語言，跟這些孩子沒有任何距離。

林良用本名寫童詩、童書，用筆名「子敏」寫給大人看的散文。描述林良家庭生活的《小太陽》當年膾炙人口，林良也從這本書開始發展「淺語的藝術」，「淺語」指的是兒童聽得懂、看得懂的淺顯語言。

寫《小太陽》的時代，臺灣文壇充滿艱深晦澀的語言，但林良堅持以淺顯的語言從事文學創作，「這是一份神聖的使命」。他總是走跟別人不一樣的路，用不一樣的速度。

別的動物快是快／但是／牆頭上有些什麼／誰也沒我知道得多／蝸牛說

我們繼續跟著林良念詩。他的人和文字有一種緩慢的、令人安靜的力量，緩緩帶著讀者走進他童年的故鄉，走進那個被海浪聲音包覆的美麗小島。

林良特別鍾愛蝸牛，作品中也經常出現蝸牛，「因為蝸牛特別慢」。他說自己讀書慢，寫詩也慢，一週寫不到一首。但持之以恆、沒有間斷地走下去，五十年來也寫了兩千多首詩、兩百多本書。

林良說，只要肯仔細觀察，日常生活中「許多東西都可以寫」。他慢慢走、慢慢看、慢慢寫，「慢」遂成為他作品中的風景。他在國語日報經營的專欄「夜窗隨筆」，一寫三十多年，迄今仍是臺灣最長壽的專欄，沒人打破這個紀錄。

步履緩慢的林良，走得比別人更長更遠。他以沙灘腳印比喻自己的創作之路：「過去腳印多得數不清，如今連腳印都看不見了，只看到沙灘。」

離去時，出版社準備了一個大袋子，裡頭裝滿隨書附贈的「粉蝸牛杯緣子」——把書名「蝸牛」作成杯緣子送給讀者。林良搶先把這枚可愛的「粉蝸牛杯緣子」別在衣服上，笑得比孩子還開心。

即使讀者老了，作家也不會老去，這真是一件令人安心的事。

在機場寫作

「我寫作的地方不在這裡，在機場。」

羅蘭告訴我，她真正的書房不在我所看到的這間窄室。那年她八十四歲，背脊佝僂地坐在堆滿書和ＣＤ的房間之中，像是要被書和ＣＤ埋進這個世界。

那時我正為報紙專欄每週固定採訪一個作家，談他們的書房。我選的多是資深作家，進入他們的書房就像進入另一個從未見過的世界，廣闊神祕且迷人；而我像跟時間賽跑，成為這個世界最後一個記錄者。

這些前半生漂泊流離、走過大江南北的作家，即使擁有氣派輝煌、相當上鏡的書房，卻很少規規矩矩坐在書桌前。東飄西泊慣了，他們經常在我們無法想像的地方寫作，總能隨手抓了紙筆，便能寫到天荒地老。

其中羅蘭的答案最讓我驚訝。她說，從七十歲開始，她喜歡搭機場巴士來到桃園機場，找一張椅子坐下，攤開紙和筆。只要一坐上機場巴士她便會興奮不已，「感覺要去旅行」。

採訪羅蘭那年我不到三十歲。機場是我們這個世代頻繁進出的地方，許多人高中便開始飛來飛去，搭飛機比搭火車的次數多，感覺高雄比巴黎還遠。每次我提著行李到機場，抬頭看到飛機掠過，總會油然生出一種，把世界踩在腳下的感覺。

但是，一個八十多歲的作家，她為什麼喜歡機場？

羅蘭告訴我，人生第一次出國旅行，就從天津來到了臺灣，從此再也回不去。二十八歲的她，為了逃避一段逝去的愛情，一人拎著兩個皮箱踏上了臺灣，皮箱裡唯一的東西是樂譜和詩集。走過那麼長的人生，曾經擁有過那麼多物品，如今羅蘭身邊留下的，也只有文學和音樂。

這是當年轟動一時的長篇愛情小說《飄雪的春天》的真實版。浪漫的音樂老師安詠絮，遇上愛拉小提琴的大學生田宏，卻因政治理念不同，詠絮獨自一人拎著皮箱來臺，從此永別。

難道，她在機場等待他？在人生最後的旅程，羅蘭來到機場守候，期待能抓住那幾千萬分之一的機會，重遇一生最想再見到的人？

羅蘭沒回答我。自顧自地打開唱盤，放起她最喜歡的音樂「彌賽亞」，這是她在天津廣播電台工作時最常放的音樂。明亮的歌聲飛出來，打開了時間和空間，這間陰暗狹小的書房變得深邃開闊。羅蘭灰暗的眼睛亮了起來，她說，彌賽亞的歌聲會讓她飛回過去的歲月，飄臨到一個冬雪覆蓋的春天，「裡頭又豐富、又惆悵、又繁華、又寂寞……什麼感覺都有。」

《飄雪的春天》的主旋律是烽火中一段受命運擺弄的愛情，對戰爭的描寫只是淡筆。羅蘭說，書裡沒有淒厲的戰爭，「大戰捲來的時候，並非每一個地方都是淒厲的；相反的，有些地方是平靜的。」

《飄雪的春天》是羅蘭的第一部長篇小說。她原是廣播主持人，以深夜電台節目「羅蘭小語」慰藉戰後浮動的人心，出版半自傳《飄雪的春天》之後，羅蘭迅速成為暢銷小說家。

一位年輕作家告訴我，她羨慕羅蘭這一代的作家，每個人的一生都是精彩的故事，天生都是小說家，抓了筆就有滿肚的故事可以寫，永遠不必擔心沒靈感。不像我們這一代，作家總被批評只會寫肚臍眼。

你喜歡旅行嗎？我問羅蘭。

她說，剛從大陸坐船來臺時，因為年輕，「流浪也像旅行，充滿未知的喜悅。」反倒在臺灣成了家，一住六十多年，她覺得自己一直在流浪，始終是過客。

「在機場的人都是過客，大家也以為你是過客，沒人在乎你做啥。」羅蘭告訴我，在機場寫作時，眼前是來來往往的過客，數不清的聚散離合。在這樣都是過客的環境之中，她反而安頓了心靈，不再感到寂寞。機場，竟比現實中的家，更讓她有安身立命之感。

英國暢銷作家艾倫．狄波頓，曾應倫敦希斯羅機場之邀當第一個「駐站作家」。艾倫在機場擺了一張書桌，寫下他在機場看到的形形色色、來來往往。這本《在機場的一週：希斯羅航站日記》筆調輕鬆有趣，機場裡發生的聚散離合，在他筆下像一齣齣人生輕喜劇，洋溢歡樂和趣味。

我們這一代因為有家、隨時可以回家，可以瀟灑自在地說自己是地球公民、四海為家，把機場當遊樂園，不會有寂寞和惆悵。

羅蘭說起最近常做的一個夢，夢裡她不斷問路人：「怎樣可以回到英租界（故鄉天津的老地名）？」醒來的她，只能用筆來尋找答案，用筆來建築她的家。她的三部曲就是這樣完成。「淒厲的災難震撼一時，而平靜的災難震撼永遠。」我想起她在《飄雪的春天》裡寫的這句話。

「我的一生都在塗塗寫寫，因為只有筆在手上，才能找到生活的踏實感。」直到生命的最後一刻，羅蘭都在寫作。

我輩所深深欣羨的靈感，原來建立在這樣漂泊的生命之中。

羅蘭在九十六歲那年離去。有時我提著行李來到機場，在等待的恍惚之間，彷彿看到一位頭髮灰白的旅客，坐在人群之中，奮力提起手中的筆，緊緊抓住腳下不斷漂浮的土壤。

日記

不久前，美國解碼蔣經國日記。小蔣總統在日記裡說，這一生的每一天都在寫日記，唯有臺美斷交這一天，他大受衝擊，這才中斷寫日記。

如小蔣總統這樣呼風喚雨的大人物，寫日記時是否便預知，未來的日記會遭公開？現代人把臉書、ＩＧ當日記寫，但這樣公開的日記，其中展現的自己還可能是原始、真實的自己嗎？

我認識的作家中，最勤於寫日記的是隱地。他不僅自己每天寫日記、出版日記，也邀請作家寫日記出版。但是，這些日記就和臉書、小蔣日記一樣，如果預知這些日記終有一天會付梓、公開供人研究，裡頭的內容，還有幾分是真實的？

下面這個故事，是有關於日記和小說、真實和虛構，一次有趣的演化和辯證過程。

這一天接到電話，華嚴邀我採訪她，為她的最後一本書留下紀錄，「它們本來應該是我的第一本書，如今卻可能是我的最後一本書。」

華嚴出版過二十二本小說，從《智慧的燈》到《蒂蒂日記》、《七色橋》……多數作品都曾搬上大小螢幕。

在我眼中，華嚴比李鴻章後人張愛玲還傳奇。她身上留著兩大家族的血液，祖父是清末思想家嚴復，母親林慕蘭出身臺灣望族板橋林家，胞姊辜嚴倬雲嫁入另一個臺灣望族辜家。華嚴也經歷上海繁華、兩岸離亂，人生比張愛玲還曲折。

華嚴寫過許多膾炙人口的小說，私生活卻一直是一個謎。

張愛玲晚年整理出版家族相簿《對照集》，華嚴也在八十一歲那年出版《華嚴影像自選集》。這本相簿橫跨一百零七年，收錄華嚴近千張私房照，為華嚴的世界開了一扇小窗，讓照片述說比小說還迷人的故事。

「傳記可能是假的，照片比傳記更能傳達真實的訊息。」華嚴這樣告訴我。

為什麼不寫自傳？她說：「自傳不一定是真的，不喜歡寫。」而照片呈現的是當時的真實情況，讀者要用什麼角度看，「你可以自己決定。」

華嚴的回答，讓我猜想張愛玲發表《對照集》，是否也是這樣的心情？張愛玲生前飽受文學狗仔窺探與八卦流言，她不打算出版宛如半自傳的《小團圓》，卻發表用照片說故事的《對照集》，讓相簿成為她的最後一本書，讓讀者選擇用自己的角度詮釋張愛玲。

拿到《華嚴影像自選集》時，我以為這是華嚴最後一本書了。沒想到，她竟然還有這樣一本壓箱書，年代比她的第一本書《智慧的燈》還遙遠。

來到華嚴的書房，她說要給我看她的最後一本書，卻拿出四本封面斑駁的日記。「這是我大學的日記，跟著我經歷烽火，從上海來到臺灣。」她準備把這四本日記整理出書，了卻半世紀前的心願。

華嚴說起小說處女作《智慧的燈》。這部小說一九六一年在大華晚報連載，轟動一時。華嚴告訴我，當時胡適在臺養病，病榻上每天都要人幫他買大華晚報追看《智慧的燈》。

「胡適說，《智慧的燈》比《未央歌》好看。」

《智慧的燈》和《未央歌》一樣，以抗戰前後的大學校園為故事舞台，漫天烽火成為背景，烘托年輕人閃亮的純真與愛情。在報上連載時，許多讀者猜到，《智慧的燈》的背景便是華嚴母校——上海聖約翰大學；華嚴也曾透露，書中男女主角水越與凌淨華的故事，「是我獲悉一對戀人所受的刻骨銘心的痛苦經過始末」。但要再過了半世紀，華嚴才承認，男主角的原型就是她的初戀男友。

一九四五年，華嚴入聖約翰大學就讀，與同學陷入熱戀。男方突然提分手，卻不肯說明原因。「我們每天見面、每天提分手、每天分不開。」華嚴輕輕撫摸泛黃的日記，嘆了一口氣。當時深陷於痛苦與困惑的她，為了探望母親來到臺灣，戀人從此分隔兩岸。

報人葉明勳是華嚴父親的學生，因為幫華嚴找工作，兩人結下夫妻的緣分。

嫁為人婦的華嚴，始終忘不了這段充滿疑問的初戀。當年倉促來臺，她什麼都沒帶，卻隨身攜帶這四本大學日記。燈下重讀，「心中一個不能化解的結，促使我拿起了筆」。

華嚴原計畫將日記直接改成日記體小說，「寫了一萬多字寫不下去」。她重起爐灶寫出《智慧的燈》，將故事做了大幅更動。

和現實人生不同，《智慧的燈》的結局是男主角被家人逼娶富家女不從，最後死去。貫穿其中的一段愛情卻沒變，細節和女主角的心路歷程，宛如華嚴的初戀告白。

日記裡的字跡日漸模糊，但對華嚴來說，每一個字都是燙金火熱的立體鉛字，深深鏤刻在她的心中。

「可以說，我的寫作生涯，就是因為這場戀情而開始。」之後華嚴陸續寫了二十一部長篇小說，對愛情與人性的剖析深刻，都源自這場戀情、這本日記。

歷經二十一部愛情小說，華嚴追尋了一輩子的愛情之謎，答案卻跟她想的完全不一樣。

一九九一年，華嚴和初戀情人在北京重逢，男方說出深藏多年的祕密。原來，當年他被中共吸收，而一位可能加入三民主義青年團的教授很照顧華嚴，讓華嚴被誤認為國民黨員。受上級壓力，男方被迫慧劍斬情絲。

一個誤會，改變兩個人的命運，成就一個作家。華嚴輕輕嘆息：「《智慧的燈》原來是一對男女被兩面旗幟分隔開來的小故事。」

如果華嚴當年便明白這一切，還寫得出這二十一篇洞察愛情和人性的小說嗎？

華嚴接著說起父親嚴琥的故事。嚴琥原本要跟妻女一起來臺，卻因入境證遲了，被迫留在大陸，終身未曾再見妻女一面。

嚴琥畢生鑽研佛經，華嚴深受父親影響，筆名便取自佛經華嚴經。她說，自己始終記得父親說過的一句話：「做一顆棋盤上的棋子，生命把你怎麼下，便怎麼安。安，是做人第一要訣。」

我問華嚴，闊別半世紀的情人重逢，說了什麼心底話？「他看了《智慧的燈》，說我怎麼把他寫死了？」華嚴則問曾任中共高官的他，得到當初所追求的東西了嗎？「他緘默地看了我一眼，沒有回答。」

兩人重聚時，丈夫葉明勳也在旁陪同，「他只說，我早就不相信你念大學時沒男友。」華嚴笑得滿足。

誤會冰釋，可想改寫《智慧的燈》，重寫男女主角的愛情？

「《智慧的燈》已成了一盞燈，不會再改了。」華嚴選擇出版當年的日記，讓日記中年輕的自己向讀者述說真實人生。她拿起珍藏逾一甲子的日記，仔仔細細再看一遍，「人生如夢，禍與福都帶著面具，現在看來都過去了，一切沒得計較。」

美女作家

採訪完畢，她嘟囔著，要求攝影記者將相機中所有拍下的照片秀出來，讓她檢查。「有皺紋的照片都要刪掉，一張不留。」

我們只能照辦。七十歲長輩的要求，你無法拒絕；但七十年的歲月，臉上豈能平靜無波。眼看照片就要刪光了，我擔心回去無法交差。老江湖的攝影打暗號要我放心，他偷偷留下了一張照片。

行前我便聽說她是一位美女作家，曾經風華絕代，像白先勇筆下的尹雪豔顛倒眾生，踏著風一樣的步子。尹雪豔總也不老，但那是小說裡的人物。現實世界中，我看過太多年華老去的遲暮美人；這還是第一次，遇到如此執著於美麗形象的作家，堅持不讓世人看到老去的容顏。

一九九〇年代，一個名為「美女作家」的族群，在臺灣的報章雜誌閃亮登場。一如歌壇推出少女團體，此時的出版社推出一系列美女作家，她們多半長髮飄逸，筆名和打扮一樣閃閃動人。在彼時剛解嚴的臺灣，美女作家恰如其分地滿足讀者對外表遮遮掩掩的需求——我不是喜歡美女作家的容貌，而是喜歡她的智慧、她的作品。

二〇〇〇年後，美女作家如洪水爆發，樣貌清秀的女性作家，動輒被冠上「美女作家」的稱號。這時期的美女作家宛如藝人，拍廣告登時尚雜誌，還有人為八卦周刊拍泳裝照。

但到了部落格、臉書與直播時代，正妹多如過江之鯽，女神不斷推陳出新。讀者已不再需要作家上演美貌與智慧並重的偶像劇，美女作家遂成為瀕臨絕種的族群。

如今回想，美女作家的黃金時代，正是作家地位逐漸衰落之際。作家要躍上媒體不易，加美女兩字，再補張燈光美氣氛佳的沙龍照，或許可攫取讀者的眼光。那時和作家一樣經常被冠上美女兩個字的職業，還有法官和警察。這是媒體的邏輯，這些職業理該樣貌平凡、不諳打扮，光是美貌便足以成為新聞。

一位資深作家忿忿不平地告訴我，「我們那個時代，被稱美女作家是一種侮辱。誰敢稱林先生（林文月）是美女作家呢？」她口中的時代是文學的黃金年代，一九七〇年代。

而她，正是文學黃金時代中的美女作家。當時還沒有「美女作家」這樣的集體名詞，她的頭銜是「最美麗的女作家」，僅此一名，獨一無二。她不只是作家中的美女，還是美女中的美女，美到足以擔當電影的女主角。

然而當我見到她的時候，這都是幾十年前的往事了。

她的家位在東區巷子裡。這裡曾是政治家、影星和大牌作家聚集的名人巷，如今繁華落盡，留下老派公寓和森森大樹。

她把畫家席德進為她畫的畫像放在客廳靠門的牆上，客人一進客廳，抬頭便可以看到。畫中的她梳著髮髻，巧笑倩兮、風華正盛。望著畫裡的自己，她告訴我，畫完成沒多久，她就搬進了這個房子，轉瞬也住了三十年。「人和房子一樣，都老了。」

書房牆上則掛著攝影大師郎靜山為她拍的照片。照片中的她更年輕了，穿著白色洋裝燦笑，應該不到三十歲。

然而除了這兩件大師作品中的青春少女，她的世界裡全是骨董。書房裡擺著各式各樣的骨董文物，加上她身上掛著的骨董玉珮、手鐲和耳環。站在這樣暗色的骨董世界裡，她蒼白得像個幽靈。

喜歡骨董的人，應當是喜歡老東西的人，為什麼這麼在意歲月留在自己身上的痕跡？

她幽幽說起自己從「小說家」變成「骨董收藏家」的轉變。她寫了一百部小說，一百個女主角都是為愛痴狂，執迷不悔，就像小說家自己。直到一場銘心刻骨的失戀，讓她浪跡天涯。旅行一百天後，她頓悟「寫小說是罪惡」，毅然從「人的世界」遁入「物的世界」，當起骨董收藏家。

攝影記者為她拍照。她嫻熟地擺起姿勢，還不停指示攝影機的角度、燈光、哪些地方不能拍，當模特兒的經驗老道。她說兒子也是攝影師。

「我現在不願跟多年不見的老朋友見面，怕自己暗暗驚訝他的改變，也怕他暗暗驚訝我的改變。」如今的她遠離人群，把大部分時間都花在骨董文物上，「與器物為伍的人，對年齡沒有感覺，因為在骨董前，人的年齡不算什麼。」

暮色灑入房間，她和骨董都蒙上一層淡金色的面紗，掩蓋了時間的皺褶。我起身告辭。一週後她的照片登了出來，經過特別處理，一條皺紋也沒有。

再次見到她，是在她的追思會上。

攝影師兒子為她辦了一場追思會。會中播放最美麗女作家一生的照片，從十八歲、二十歲、三十歲、四十歲……一張張照片閃耀她燦爛的美貌。然而大概到了四十歲之後，最美麗的女作家不是戴墨鏡、便是側著臉，讓人瞧不見她的絕世容顏。

我驚訝地想著，我們當時為她拍的照片，可能是她最後一張完整的正面照。

追思會末，兒子宣布，除了要重出母親一百部小說，還要用漢玉為母親雕一個玉像，擺在母親的墓園中。他說，雕像將依據母親容顏最盛的年輕時光雕刻，讓最美麗女作家最美麗的時刻，永遠凝固在世人面前。

幾年後我拿到兒子為母親出版的書。每本書的封面都放著同一張照片：郎靜山為最美麗女作家拍的照片，讓她停留在人生最美麗的時刻。這也是兒子唯一想記住的母親容顏嗎？

我想起那一次的拜訪。被骨董文物圍繞著的美女作家，彷彿靜定在時間廢墟中的一座雕像。郎靜山和席德進用相機和畫筆為她凝固的綺年玉貌像個魔咒，她的靈魂應該就在那時定格了，不願老去。

當時我問了她，收藏了這麼多骨董文物，最鍾愛那一樣？她筆下的女主角總是為愛執著，一生無悔；她對文物也是如此吧？

她卻搖搖頭說，「如獲至寶」只是剎那的感覺。她曾經喜歡一個寶物，喜歡到每天爬起來看，但看了一陣子，感覺便淡了，「愛是有的，執著也是有的，但只是短期、階段性的，對人對物都是這樣。」

或許，當世間所有的事物與情感，有形或無形，都留不住的時候，美麗便是她最後的執著。

承諾

採訪中聊到張愛玲，平鑫濤告訴我，他家中書房的抽屜中，珍藏了一疊張愛玲一九七〇年代寫好的小說書稿，不曾曝光。因為他承諾了張愛玲，不會發表出版。

那是我和平鑫濤唯一一次一對一訪談。當時皇冠出版社已交給小平（平雲）先生掌舵，大平（平鑫濤）先生呈半退休狀態，不大現身公開場合。他為了自傳《逆流而上》接受我專訪時，我才剛入行，還是個菜鳥記者。

我問他，你跟張愛玲是很好的朋友嗎？平鑫濤笑了，說兩人一次面都沒見過，只是通信了幾十年。

平鑫濤說，和張愛玲之間的情誼應該從平襟亞算起。平襟亞是平鑫濤的堂叔，他在上海創辦的「萬象」雜誌，當年挖掘捧紅了張愛玲。張愛玲離開上海後，平鑫濤創辦了皇冠，微妙地接起了張愛玲和平氏家族的線；一條隱密悠長的線，串起了張愛玲一輩子的創作。

平鑫濤說，張愛玲寫信像拍電報，言簡意賅。但他可以從這樣極度精簡的文字中，準確解碼張愛玲的內心。他知道張愛玲不喜歡弟弟張子靜，因此張子靜要出版書籍談姐姐時，皇冠放棄了。

那份珍藏在平鑫濤書房抽屜四十年的書稿，就是日後轟動華人世界的《小團圓》，出版後創下張愛玲小說的暢銷紀錄。

《小團圓》出版後引爆張迷論戰，爭論該不該為祖師奶奶出版此書。我想起當年的訪談，驚覺平鑫濤要遵守的承諾有多麼困難。

張愛玲離世後身價暴漲，就算一篇沒發表過的雜文出土，也會引起華文文壇震動，更何況是這麼一部處處是影射和隱私的半自傳小說。身為成功的出版人，平鑫濤不會不知道這本書的市場價值；作為眼光獨到的文學評鑑者，他肯定也掙扎過，該不該讓作家自白般的人生在讀者面前曝光？

根據日後曝光的書信資料。張愛玲對於是否出版《小團圓》，態度始終曖昧不明。張愛玲辭世後，平鑫濤有太多的機會和藉口出版這本書，比方不能剝奪讀者閱讀的權利，或是拿出某封通信證明張愛玲曾想出版這本書。

而平鑫濤選擇了不出版。在張愛玲遺產執行人宋以朗拍板決定出版前，平鑫濤一直信守對張愛玲的承諾。那時他只淡淡告訴我，因為他承諾了張愛玲。

君子一諾，死生相守。

平鑫濤又補了一句，這本書有胡蘭成的影子，為了張愛玲好，他也不應該出版。

對一個未曾謀面的作家，在她辭世後信守只有兩人知道的承諾，小心地守護她的文學生命。這個世代，還能有這樣的出版人嗎？

又過了好多年，再次看到平鑫濤的消息是在影劇版上，躺在病床上的他成為兩個女人的戰場。

那時平鑫濤陷入沉睡，無法再說一字一句。他的兩任妻子，各自出版和重新出版了回憶錄，描述不同版本的平鑫濤，不同版本的愛情。這對當了一輩子出版人，出版七千多本書的平鑫濤來說，毋寧是一個絕大的諷刺。

我打開兩位女作家的書，看她們眼中的平鑫濤。愛情的變幻莫測令人驚心，我卻在文字的戰場中，讀到平鑫濤對作家的愛護與承諾。

林婉珍是平鑫濤的前妻。她在回憶錄《往事浮光》中寫道，皇冠創辦第七年才開始賺錢；第十年，平鑫濤把住家隔壁的南京東路三號買下當辦公室，推出固定預付作家版稅的「基本作家制」。這間辦公室被稱為「皇冠三號」，作家不僅可拿預付版稅，趕稿時還可以住進此地，什麼都不用管，只管安心寫作。高陽、桑品載、季季都在這裡住過。

小說家司馬中原連續六年得六個孩子。他告訴平鑫濤，六個孩子像連號的鈔票，但也讓他的時間只夠寫短篇小說。平鑫濤聽了立刻邀請他住進「皇冠三號」。司馬中原在此地閉關半年，天天從早上寫到深夜，三餐都由平家提供，終於寫出百萬字巨著《狂風沙》。

瓊瑤也在自傳《我的故事》中寫道，她和平鑫濤初相識時，得一邊帶孩子、一邊寫作。平鑫濤為了讓她安心寫作，為她雇了一個女傭；平鑫濤甚至還想幫瓊瑤的丈夫在臺北找工作，好讓瓊瑤搬到臺北好好創作。

那個時代的許多作家，上半生東飄西蕩，下半生在這座島嶼苦苦尋覓安頓之所；有人婚姻失敗、有人天天愁柴米油鹽。平鑫濤不只挖掘作家的才華，還為他們打造一個「家」。外頭即使狂風暴雨，這裡總有一張安靜的書桌，永遠等著你。

那次訪談，平鑫濤敞開心房談起童年。這位看起來平靜溫柔的長者，其實從小生活在家暴的陰影中，「家」對他來說就是狂風暴雨。

平鑫濤父親本是上海殷商，戰爭中失去所有財產，還被關進集中營，把憤怒發洩在孩子的身上。平鑫濤在家暴中長大，心中充滿了憤怒，把憤怒化成強烈的情感。他驚人的執著和行動力，或許便源於這種強烈的情感。

一九五四年二月二十二日，孤身自上海來臺的平鑫濤，和兩位好友合創皇冠雜誌。創刊號發行三千本，平鑫濤用肥皂箱裝滿雜誌，騎著單車到臺北各街頭書攤一一推銷，卻只賣出五十六本。沒多久兩位合夥人退股，平鑫濤卻堅持了六十年。

皇冠雜誌創辦前七年都在賠錢。平鑫濤身兼多職，在台肥公司工作、當副刊主編、主持廣播節目……為的是延續皇冠雜誌的生命。

皇冠第七年，雜誌面臨倒閉。平鑫濤不樽節成本，反而逆勢操作將雜誌頁數擴增一倍，「磚頭」般的文學雜誌意外大受歡迎，平鑫濤的出版事業起死回生，慢慢攀向巔峰。

即使在文學衰微的二十一世紀，皇冠雜誌依然堅持黃金年代的規模、對作家的承諾，每期四百多頁不曾稍減。退休後平鑫濤依然堅持看完每篇投稿，「每個時代都會有新作家出頭，找到他們是我的責任。」我記得他閃亮的眼。

愛情的承諾也許無法天長地久，然而對於作家的承諾，平鑫濤用一輩子守候。如果執著就是一種浪漫，平鑫濤對作家的承諾，比天長地久還要天長地久。

寫不進「人間四月天」的愛情

建築學者李乾朗告訴我，他去北京拜訪了林洙。九十歲的林洙，不久前為建築大師梁思成出了一本書，書名叫《他沒有等到這一天》。書裡收錄林洙和美國學者費正清、費慰梅夫婦二十年的通信，信中主角是當時已不在人間的梁思成。

在一九三〇年代，梁思成、林徽因和費氏夫婦是至交，文革時斷了聯絡，梁思成直到臨終前都在等待摯友。林洙接起了兩對夫妻斷掉的線，並和費慰梅為了出版梁思成著作《圖像中國建築史》一起奮鬥。

我問李乾朗：「你覺得，林洙和梁思成之間，是愛情嗎？」他想了一下回答，「剛開始也許不是，在梁思成生命中最後幾年，應該是了。」

十多年前，黃磊、周迅、劉若英、伊能靜等人主演的連續劇「人間四月天」，炒熱了徐志摩、林徽因、張幼儀、陸小曼、梁思成之間的愛情故事，可說是臺灣偶像劇鼻祖，只是把背景設定在民初中國。裡頭的臺詞和劇情，某種程度形塑了這一代文青的愛情觀。吾生也晚，這些人我沒機會見過，卻有機會見到林洙——梁思成的第二任妻子。

那年林洙八十一歲，受邀來臺灣參加「梁思成保護人類文化遺產特展」。她穿著深色旗袍，說話明快卻用詞典雅，就像從上一個世代走過來的人。那時「人間四月天」已成懷舊劇，但在我看來，她身上沾染著「人間四月天」的氤氳迷濛。

「這部戲糟糕透了，林徽因根本不是那種成天哭哭啼啼的人。」林洙一句話就打破了我的幻想。劇中飾演林徽因的周迅柔弱靈動，一雙湖泊般的眼睛經常閃耀淚光，引人憐愛。但林洙說，從未看過林徽因落淚。

林洙沒趕上這一段浪漫文學史。林徽因肺炎辭世後八年，三十三歲林洙嫁給大她二十七歲的梁思成，陪他度過人生最後十一年。

林洙是林徽因的學生。一九四八年她來到北京清華大學建築系工作，在該校任教的林徽因已抱病，仍熱心為林洙補習英文。林徽因過世後，林洙常為「師丈」梁思成整理資料。一九六二年，兩人不畏世俗眼光結婚。

學生嫁給師丈，引來不少流言蜚語。而外人看林洙，也覺得她只是代替了林徽因，照顧當時需人照顧的師丈。兩人都是第二次婚姻，各有子女。兩人在年齡、背景、學經歷上的差距，讓這婚姻看來像各取所需。

在「人間四月天」裡，梁思成是個男二的人設。他其貌不揚、個性呆板，氣場被瀟灑不羈、動不動就吟詩的徐志摩狠狠壓了下去。當林徽因最終選擇了梁思成時，他驚訝問：「為什麼是我」，彷彿幫觀眾問了這個問題。

編劇安排林徽因告訴他，「這個答案很長，我得用一生的時間回答你。」

現實中，林徽因選擇梁思成沒幾年，又面臨另一次選擇。兩人婚後，梁思成為了考察古建築經常不在家，寄住梁家後院的哲學家金岳霖和林徽因有了感情。坦率的林徽因某天直接告訴丈夫：「我愛上別人了」。

這段沒有寫進偶像劇的愛情，是梁思成親口告訴林洙的。林洙說，梁思成聽完「全身血液都凝固了」，卻仍堅信「愛就是讓她做任何想做的事」，告訴妻子「你是自由的」，讓林徽因自己選擇。

金岳霖知道後反而讓愛，告訴林「梁思成是真正愛你的」，選擇退讓。直到林徽因一九五五年逝世，三人之間維持「超越愛情」的友誼。

這是梁思成晚年告訴林洙的愛情版本。「梁思成其實是遺憾的」，林洙說，他遺憾的不是「戴了綠帽」，而是「世人用世俗的眼光來看這段愛情」。

很難想像這一段才子佳人的婚外戀，如果被寫進現代的八卦雜誌，會被下了如何聳動噬血的標題。也難怪這段真實的不倫戀，不會被編劇寫進偶像劇。一輩子是太遙遠的承諾，而偶像劇只能停佇在愛情最輝煌燦爛的時刻，不讓歲月和現實來消磨。

林洙和梁思成攜手的十一年，是梁思成一生最驚濤駭浪的時刻。一九五〇年，在林洙眼中「政治上太幼稚、對專業太執著」的梁思成，提出保護北京古城牆的「梁陳方案」，惹惱毛澤東，埋下文革被整肅的地雷。文革浩劫時，經常有紅衛兵闖入梁家，問林洙「你要跟毛主席走，還是跟反動權威走」。

這是中國現代歷史上狂風巨浪的十年，許多承諾一世相守的愛情褪了，牽手幾十年的恩情散了。然而跟梁思成沒結婚幾年的林洙沒跟著毛主席走，一直陪著梁思成走到人生的終點。

和林洙聊天時，辦完奧運的北京，剛經歷天翻地覆的變化。談到北京的新風貌，她直搖頭說「沒勁」、「一點中國建築文化都沒保存下來」，中國不是沒有好的設計者，而是「中國人不夠堅持」。

她說，鳥巢、水煮蛋等方案提出時，一堆建築學者聯名上書反對，一如當年提出梁陳方案的梁思成。「但是江澤民一句話，他們就霹靂啪啦倒了。」林洙挺起胸，眼神充滿驕傲。

梁思成過世後，林洙致力整理亡夫遺稿，編輯出版《梁思成全集》、《梁啟超家書》等書。我數著網路上找到的資料，林洙這四十年編輯撰寫的梁思成相關書籍，林林總總將近二十部；一直到九十歲，她還繼續寫，在紙上延續梁思成的生命。

什麼是愛情？為一個人寫一首美麗的詩是愛情；花上半輩子、四十年的時間，閱讀一個人畢生的日記筆記書籍，重新爬梳他的人生，用文字走過他的童年、青少年、成年、老年，感受他的愛情、親情與友情，又是什麼樣溫柔、寬容又濃烈的感情？

原來到現在，九十歲的林洙還沒放下梁思成。我很想問她，從花樣年華到白頭，都在寫同一個人，會不會厭倦呢？

那一天在梁思成的建築展中，我看著林洙在粉絲的書頁簽上「做笨人，下笨工夫」，一筆一劃緩慢而堅定，「這是梁思成一生堅持的做人道理。」她微笑著，彷彿他就在她的身邊。

林洙回到北京後，特地寄給我一本書，是她寫梁思成和林徽因。

她在書裡寫著，林徽因生命的最後階段，一輩子獨身的金岳霖，每天下午都會來到林家，為林徽因朗讀好幾個小時的書本或文章。

有些愛情轟轟烈烈，有些愛情細水長流，有些愛情說不出口。

在我的腦海裡，「人間四月天」的畫面中，女主角換了人。這次是梁思成問林洙：「為什麼是我？」

林洙回答：「這個答案很長，我得用一生的時間回答你。」

殷海光與夏君璐

「我第一眼就愛上了他。」八十三歲的夏君璐，談起殷海光雙眼發亮、雙頰緋紅，眼神表情像個十七歲的少女。

一九四五年，來重慶找工作的殷海光借居夏家一週。那年夏君璐才十七歲，「他個子不高、也不帥，但氣質相當吸引人」、「一雙炯炯發亮的眼睛向我射出扣人心弦的目光。」夏君璐說，她主動寫第一封信「倒追」殷海光。

坐在殷海光故居裡，我聽著夏君璐述說年少的愛情。這間殷海光一手設計的臺大宿舍隱身於濃蔭之中，夏日裡可以聽到深深蟬鳴。看著眼前的夏君璐露出少女的嬌羞神態，我不禁想，十七歲的我可曾有這種表白一見鍾情的勇氣？當我到了她這個年齡，還會有這樣的勇氣，述說年輕時義無反顧的一往情深？

故居中擺著兩人婚後的合照，夏君璐手上拿著盛開的鮮花笑開了臉，眼神清亮燦爛；一旁的殷海光維持一貫嚴肅的臉部線條，嘴角卻有藏不住的笑意。這是兩人最幸福的一刻吧，對未來充滿美好的想像。

一甲子後的夏君璐臉瘦削了，爬滿滄桑的痕跡，身邊沒了殷海光；我卻在她眼中看到跟當年一樣的光芒。

樹蔭裡的蟬鳴忽長忽短，夏君璐臉上浮起薄薄的紅暈，時光彷彿隨著一聲聲的蟬鳴慢慢退回七十年前。她說，那個時代「女追男」是很前衛、大膽的事，夏父對女兒非常不諒解。他欣賞殷海光的人品學識，卻不樂意愛女嫁給他，說他「孤僻、過於憂國憂民、憤世嫉俗」、「這樣的人不長命」。

如今看來，夏父的預言精準無比。殷海光因「自由中國」事件被臺大免除教職，終身遭警總監控，一九六九年胃癌辭世，只活了五十歲。

「但我愛情至上，什麼都不顧了。」夏君璐說，因為父親的阻擾，兩人有很長的時間只能以信件傾訴愛意。從一見鍾情到結婚，兩人足足通了八年的信，寫了兩百二十二封信。

聽夏君璐訴說這些書信走過的漫長道路，早已習慣用 LINE 四通八達傳遞即時訊息的我，實在難以想像。

兩岸分裂前的中國，政府發行的法幣不斷貶值。寄一封信最初要數千元，過了幾個月，漲到超過一百萬元。

當時夏君璐還在念高中。殷海光的信寄到學校，得先通過訓導主任的檢查，再派學生送到教室，當著所有學生的面發信給夏君璐。送信送久了，全校都知道夏君璐有這位男友。好幾次殷海光變換署名，同學一眼便認出。

寒暑假夏君璐回到鄉下暫住，房屋沒有地址，殷海光寄來的信得先在藥鋪裡放著，等人去取。從夏君璐居住的地方到藥鋪，步行得要兩個小時。

「看看我倆的信，從重慶到武昌，到鄉下，到南京，到湘潭，從廣州到臺灣，簡直可以代表中國十幾年的變亂」。夏君璐在信中這樣告訴殷海光。

那個時代，整個中國的人都在逃難，今天不知明天，但殷海光和夏君璐的通信沒斷過。

殷海光來臺後，寫信催促夏君璐來臺，夏父不肯放行。某天他打開殷海光寄給女兒的一本哲學書閱讀，發現書裡藏了一只金戒指，送給夏君璐當來臺路費。夏父大讚「殷海光不是書呆子」，終於批准女兒來臺。

我閱讀這批書信。一九四九年兩岸最狂風暴雨的時刻，大概有半年的時間，兩人之間沒有一封書信。這段沒有信的日子，夏君璐在風雲詭譎的海上、殷海光在風雨飄搖的臺灣，支持兩人走下去的動力是什麼？

夏君璐終於來到殷海光身邊。她說，兩人在基隆港重逢的六月一日，成為兩人最重要的紀念日，殷海光在世時總要慶祝。

隨後夏君璐進臺大念書，殷海光則擔任臺大教授。兩人一週只能見一兩次，繼續以寫信安慰相思之苦。「每次我打開信封抽出信紙，手還會發抖。」夏君璐嘴角浮起微笑。兩人的信一直寫到一九五三年成婚。婚後殷海光到美國哈佛大學訪問，兩人又密集通信了半年。

殷海光和夏君璐的書信停在一九五五年六月八日。那是殷海光到美國後，寫給愛妻的最後一封信，信中大部分內容都是他在飛機上所寫。

馬上就要回到妻子身邊了，為什麼還要寫這封信？我猜想，殷海光是想記錄自己經歷過的每一刻時光，向夏君璐分享。

寫完這封信後，殷海光回到夏君璐身邊，兩人搬進臺大溫州街宿舍，相守到殷海光生命的最後一刻。

夏君璐沒想到，兩人只有十六年的夫妻緣分，僅僅是寫信歲月的兩倍。

殷海光擔任「自由中國」雜誌編輯期間，為文批評時事得罪執政者，在這間宿舍度過人生最後的歲月。夏君璐說，當時政府威脅利誘，要殷海光離開臺大教職、接受教育部聘書，他卻堅決留在臺大。在這間安靜的小屋中，她曾聽見殷海光以手搥桌，高喊：「我用生命打賭，絕對不接受聘書！」

我找到殷海光在信中，向夏君璐述說的人生志向：「我要一輩子當一個教授，業餘做個有名的政論家，在學術上有貢獻。」

殷海光逝世後，夏君璐帶著女兒殷文麗來到美國，這兩百二十二封信跟著夏君璐來到美國。她說，在美國足足搬了十五次家，沒弄丟其中任何一封。

搬了十五次家。我可以想像夏君璐在美國的顛沛流離，並不遜於前半生從大陸到臺灣。可這時的她無法收到信了，這批信成了支持她的力量。

臺大出版中心出版《殷海光全集》，想請夏君璐代替殷海光寫回憶錄。她花了十年只寫了五章，靈光一閃想起這兩百多封通信，交由女兒殷文麗編輯出書。

這批書信，從重慶到武昌，到鄉下，到南京，到湘潭，從廣州到臺灣、再到了美國。七十年後，它們成為主人的傳記。

這是殷文麗第一次讀到父母書信。她形容編輯過程像拼圖，一封封拼起她所不知道的父母過往；也像旅行，帶著她跟著年輕的父母走遍烽火中國，「父母讓我認識了真正的愛情」。

「茫茫人海，有什麼比真情和真理更值得我們追求？」她說，這是父親在信中告訴母親的。這一生，殷海光只追求真情和真理，兩者對他來說，都是一顆灼熱的心。

兩年後，夏君璐辭世。得到訊息後，我重新閱讀兩人的書信錄，發現過去遺漏的細節。

殷海光本名殷福生。夏君璐在書中說，兩人還沒定情前，她和堂哥與殷海光在重慶城中遊玩，在碼頭遇見一位男士兜售書籍《光明前之黑暗》，作者是殷海光。後來她才知道，殷海光是殷福生的筆名。殷海光告訴夏君璐，看到她去看他寫的書，心跳得厲害。此後，殷海光成為他慣用的名字，福生反而成了別號。

而我終於明白，殷海光，這個在臺灣民主史上金光閃亮的三個字，原來不只是自由主義的良心，還是愛情的見證。

一百歲的小說家

收到張祖詒新書，我立刻用一個晚上的時間火速讀完。翻到最後一頁我嘆了一口氣，他，還是什麼都沒寫。

在信奉「成名要趁早」、「英雄出少年」的臺灣文壇，作家四十歲寫小說，都要被稱為「大器晚成」。我採訪過最「晚熟」的小說家，卻是年近百歲才開筆。

他是張祖詒。九十四歲那年才動筆寫小說，處女作《寶枝》一開筆便是十五萬字。完成那一年，張祖詒已是九十七歲，打破華文世界寫長篇小說的年齡紀錄。

我在張祖詒家中客廳見到他。張祖詒花白的頭髮梳得齊整，身上西裝一條皺紋也沒有，說話言詞精簡、不疾不徐，總是用誠懇的眼神看著我。我想起上海人口中的「老克勒」。這是形容百年前在上海灘誕生的華人紳士，身上自然流露一種老派的優雅。

他們身上有一種什麼東西，是這個時代的人所缺乏的。

「我寫了四十多年的官樣文章，到了這個年紀，希望隨心所欲，想寫什麼就寫什麼。」張祖詒告訴我。

上海法學院畢業，張祖詒來臺後從行政院參議當到總統府副祕書長，做過兩位總統嚴家淦、蔣經國的文膽。他當小蔣總統的文膽十六年，小蔣總統的講稿大半出自他的手筆，也就是所謂的「官樣文章」。

退出官場幾十年，張祖詒家中已看不出官家的官樣，牆上找不到一張名人題字落款的書畫，反倒是書櫃擺滿幾十本中國傳統小說。張祖詒說自己從小便嗜讀小說，還會拿筆把祖母口中的故事記錄下來。

有陣子臺灣流行天才作家。我看過九歲的童書作家、十三歲的少年小說家，只要文字流暢，鮮嫩的人生經歷都能成為一本書。看著走過千山萬水的張祖詒，我好奇，到了這個歲數才完成的小說，會是怎樣的故事？

張祖詒卻讓我意外。

小說家的處女作，寫的通常是自己的故事。經歷兩岸分裂、政壇風雲，張祖詒應當有一肚子的故事；但他的處女作小說，卻和自己八竿子打不著。

這位近百歲作家的第一部小說《寶枝》，描述一名出身江蘇農家的童養媳劉寶枝，歷經對日抗戰、國共內戰，從煙雨江南到上海、香港與臺北，逾半世紀流轉的人生風景與愛情際遇，宛如中國版的《飄》。小說的角色和故事，根本無法讓張祖詒對號入座。

一位政壇呼風喚雨的大老，退出江湖後發表小說，雖沒將原班人馬搬進小說，受訪時卻主動透露小說中有不少官場和政治事件的暗喻，鼓勵讀者對號入座。

張祖詒的上半生，身邊都是叱吒風雲的政治人物。就算他不當名嘴爆料、不寫回憶錄揭祕八卦，小說裡也應當留下一些大人物的影子吧。

張祖詒卻選擇徹底一刀兩斷，「我的小說裡，甚至沒有一個官宦子弟。」這部小說不但和官場劃清界線，就連主角的性別、出身都與張祖詒迥異，書中沒有一個角色可讓人對號入座、浮想聯翩。

怎麼可以這樣一刀兩斷？

「若要寫當年事，不免牽扯今日政壇恩怨。」張祖詒氣定神閒。他說，自己曾身處權力核心，更加明白待人處世必須謹守四字訣：「知者不言」。許多人邀他寫政壇祕辛，他三緘其口；為紀念蔣經國冥誕撰寫的《蔣經國晚年身影》，他也是點到為止。

前總統馬英九多年前任職行政院時，張祖詒是他的長官。談到這位昔年部屬，張祖詒只形容他是「零缺點」的謙謙君子，逢年過節總是主動向他問安，此外便不多言。

只有談到「老長官」小蔣總統時，張祖詒的話才多了那麼一點點。他表示，小蔣總統若在世，絕不會同意「經國大道」這樣高調的路名。小蔣總統一生低調謙遜，不僅排斥立像，就連題匾、題碑都屈指可數，「十大建設哪一件看到蔣經國題字？」

《寶枝》小說女主角劉寶枝被丈夫章志安拋棄，卻無怨無悔，對養父母克盡孝道。這種「認命」的觀念對現代讀者來說過了時，但張祖詒說，他想在這個混亂的時代，傳達他們那一代人的價值觀。

「書裡沒有一個壞人，因為我打從心裡相信，這個世界沒有一個真正的壞人。」

我突然明白了，張祖詒不是不寫官場，而是換一個方式寫官場。看慣官場的爾虞我詐、勾心鬥角，他在小說中用誠、信等價值建構世界，寫出官場之外的另一個平行世界——一個和官場價值觀相反，卻又遙相呼應的理想世界。

張祖詒口中的「官樣文章」，還是在他小說烙下痕跡。他曾為兩位總統寫講稿，形容嚴家淦要求「四平八穩、面面俱到」；蔣經國則是「簡潔還要有力」，要求講稿沒一句廢話，「一出口就要讓人人聽得懂」，還要有氣魄、有感情。這些訓練都是張祖詒對小說語言的要求。

年近百歲才寫小說，張祖詒說自己要冒「今天不知明天」的風險，寫每一個字都不知道是不是最後一個字。他每天花六小時寫作，半夜靈感一來便爬起來寫，寫《寶枝》修稿三次，每次都手寫重謄，前前後後總計寫了四十五萬字。

「我還有一本書沒寫。」他透露這應該是一部「隨筆」，寫下百歲的人生觀察。會不會寫出「不能說的祕密」？他笑了笑，臉上浮現老克勒的優雅。

幾年後我收到這本新書，果然是一本關於人生的散文集，裡頭還是沒一個字跟政治有關。在張祖詒身上，政壇風雲竟是如此雲淡風輕。

「知者不言」，到現在我還常常想起張祖詒送我的這幾個字。這是他們這一代人的人生態度，也是風骨。

影音時代

應我的要求，王璞拿起錄影機，讓攝影記者捕捉他攝影的樣子。兩年前他中風後，這架錄影機只能沉默地躺在工作室裡。他一邊摸索機身的按鍵，一邊問拍完後能把相片寄給他嗎？「這十年來都是我拍別人吶」。

在影音當道的這個時代，人人握有手機、時時都在攝影，年輕人的第一志願是當網紅與直播主，把鏡頭對準自己。然而，在不是太久遠的以前，曾經有過這麼一個人，傾注他全部的心力和財產拿起相機，鏡頭對準的卻是別人。

第一次見到王璞，還沒看到他的人，先看到他的攝影機。那是一個明星作家的新書發表會，相機、攝影機密密麻麻排了一排。夾在一堆年輕精壯的攝影記者之間，扛著攝影機的王璞滿頭華髮，相當惹眼。

王璞扛攝影機的肩膀和背脊特別挺直。知道了他的故事之後，我明白這是戰士的習慣——他是不是把攝影機當成槍砲了？

王璞原來也是作家，寫詩和小說，還主編軍中月刊「新文藝」。不知道什麼原因，他卻放下了筆，拿起攝影機，開始記錄他身邊的作家朋友。

七十歲那年，王璞從職場退了休。他不打算遊山玩水、含飴弄孫，卻買了當時還算是奢侈器材的攝影機，發願要以一人之力，製作一套「中華民國作家錄影傳記」。我認識他的時候，他已經花了十年的時間，獨力自費拍了一百二十一位作家、三百多場藝文活動、四百卷錄影帶。

那時的王璞已快八十歲。但是，只要是資深作家的藝文活動，從新書發表會到座談，我總是會看到他，和他的攝影機。

在記者圈之中，王璞是一個奇異的存在。當電視台記者提問的時候，他沉默掌著鏡；當平面文字記者振筆疾書之際，他也還是淡然地把鏡頭對準受訪者。

他把《漣漪表妹》作者潘人木的錄影帶放給我看。潘人木一身淡雅旗袍，對著鏡頭，優雅講起自己的一生，一講就是兩小時。王璞的攝影一鏡到底，沒剪接、換位，就像放了一支麥克風在潘人木前面，任她暢所欲言，沒人提問、打斷和逼問。

那還不是一個要靠標題譁眾取寵騙點閱率的時代。但是，記者的訓練是問對題目、抓住重點，把報導炒成一盤可口下飯的菜。我納悶著，這樣平鋪直敘、不畫重點的「報導」，抓得住觀眾的眼球嗎？

用現在的語彙來看，王璞應當是領先時代潮流的「自媒體」。然而，雖然當時已經有了部落格和 YouTube，王璞從沒把作家錄影數位化再放上去。他那四百卷錄影帶拍完就封藏在自己家中，一放就是十年。

為什麼他要拍？他要拍給誰看？

當我滿心疑惑時，王璞突然消失了。兩年後他再度出現，宣布將這四百卷影帶的內容統統數位化，捐贈給大英圖書館、國家圖書館和北京的中國圖書館。

這給了我一個採訪他的理由。我走進王家的大門，把鏡頭轉向了王璞。

王璞告訴我，一九九七年一月一日，七十歲的他決心拍攝「中華民國作家錄影傳記」。他的名片稱自己是「一人藝文影庫」的創始人兼製作人，還做了英譯。打一開始，王璞便打算把錄影帶捐給國外。

這四百多卷錄影帶，從幕前到幕後，統統都由王璞這「一人製作公司」完成。王璞形容自己「一年三百六十五天全年無休，每天工作十小時以上」，比上班族還要勞心勞力。

王璞第一個拍的是以《塔裡的女人》走紅的小說家無名氏。王璞每天開三小時的車到無名氏淡水的家，整整拍了五個工作天。他說，一個七十歲的老頭，開車兩三個小時，去給一個八十歲的老頭拍攝錄影傳記，「應該可以創金氏世界紀錄了」。

曾被視為英雄人物的無名氏，晚年獨居山中陋巷，他對著王璞鏡頭自白兩個小時，說到淚流滿面。王璞感嘆：「誰能在兩小時中，看到如此的天翻地覆，地獄與天堂。」

五四文學健將蘇雪林，晚年貧病交迫。王璞拍完「蘇雪林傳」三個月後，蘇雪林便住進加護病房，醫生宣布她患有營養不良症，「臺灣錢淹腳目，一位一百多歲的國寶級人物，竟然會營養不良，誰會相信？誰敢相信！」說起此事，王璞還是相當激動。

王璞曾遠赴美國，拍下王鼎鈞、琦君、張秀亞、紀弦、唐德剛、夏志清等海外作家的身影。這些大作家面對王璞的鏡頭，自動卸下心防：琦君與夫婿對談當年戀愛情形、王鼎鈞坦白了隱藏心頭多年的祕辛。

王璞讓攝影機像一個沉默的老友佇在作家面前，不提問、不插話，耐心聽他們追憶往事，陪他們說到天荒地老。或許是這樣耐心的等待與陪伴，作家對王璞打開了心房，說起了隱藏的祕密。

而王璞只是靜靜聆聽。

相對於約採訪耗費的心力，這些作家錄影的後製作業相當簡單。王璞只打上簡單的字幕，沒配音、旁白，幾乎沒有剪接。

為什麼不善用剪接，加配音和旁白，讓片子「好看」一點？我問了心中多年的疑惑。

「這會竄改歷史。」王璞說，太多後製會造假，只有實況錄影「完全假不了」。

王璞的三個孩子，從出生第一天開始，就被迫當起王璞影像傳記的傳主，一路拍到二十歲。在王璞口中「吃都吃不飽」的年代，王家小孩就享有個人專屬攝影師的特權。王璞總是跟在他們身邊不斷按快門，「小孩耍脾氣不給拍，我還得連哄帶騙，求他拍呢！」

那年代，相機和膠捲都不便宜，可王璞堅持：「飯可以明天再吃，相，現在不拍，明天就不一樣了。」

有一幕畫面王璞沒拍，卻一輩子深深印在他腦海裡。一九四八年他在濟南讀書，某天天還沒亮，一群共軍闖進王璞的學校宿舍，亮晃晃的刺刀指著睡眼朦朧的他，「我赤著腳逃了出來，什麼都沒有帶。」

那一刻，王璞失去一切：親人、朋友、家鄉……。輾轉來到臺灣的他，孑然一身、雙手空空，「唯一擁有的只是腦中的記憶」。

十四年後，王璞的大兒子誕生。誕生的第一天，他就買了昂貴的相機，守在嬰兒房外拍照。「我們是在臺灣的第一代，這些照片就是我們家族歷史的起點」。王璞和太太都是隻身來臺的流亡學生，他說如果孩子問他們怎麼來的，「這些相冊就是活生生的歷史。」

我有點懂了。王璞想用相機和攝影機記錄他們這一代人，他們所走過的一生。他們這一代人，曾經失去這麼多，能夠留下的這麼少。

王璞說起自己被欺騙的故事。一九四九年，王璞隨軍從廣州到澎湖，原本軍隊承諾一到臺灣，便可選擇讀書或入伍，決定自己人生的方向。沒想到一踏上臺灣，亮晃晃的機槍和刺刀一舉，所有人都被迫充了軍。

在軍中，熱愛文藝的王璞獲得編軍方雜誌的機會。王璞堅持不讓上級審稿，結果一篇小說「豬狗同盟」被警備總部認為是對總統和國民大會的嘲諷。王璞的解釋不被接受，只得鞠躬下台。

我得到許多答案，卻也累積更多疑問。

又過了好幾年，王璞離開了這個世界。

這些年，科技愈來愈進步，影音製作愈來愈方便。「自媒體」的時代，人人都有自己的鏡頭，搶著對鏡頭發言。YouTube、臉書、ＩＧ裡是滿坑滿谷的自拍、直播影片，人人都想說話，人人都想掌握發言權，爭取點閱率與點擊率。

說的人愈來愈多，聽的人卻愈來愈少。如今網路上最紅的影片，是把漫長完整的電影或電視劇，剪接成只有幾分鐘的破碎短片，失去了細節、沒有了脈絡。影音時代最受歡迎的影音作品，是濃縮、剪接別人的作品，拼湊自以為是的觀點，迎合觀眾的缺乏耐心。

在這樣一個眾聲喧譁的時代，我開始懷念起王璞的鏡頭——那樣耐心溫柔地對準受訪者，靜靜傾聽他們的故事。

在這麼一個人人都想搶鏡頭的時代，我逐漸明白了王璞。因為走過謊言遍布的時代，他懂得靜靜聽人訴說的溫柔與善意；因為曾經失去過這麼多，他抓緊手中的鏡頭，對準了他的朋友與他們的時代。

從軍的皇帝作家

二月河用毛筆沾著晨光，在宣紙種上一樹瓜果。他畫的是田園風光，題的詩卻滿溢江湖豪氣：「十年磨劍／劍橫如秋水／文章把臂看／看到公孫神妙處／滿頭白髮即霜輪。」二月河沒正式學過畫，他的字畫無門無派，墨色酣暢飽滿，彷彿要從紙上淌出來。墨跡稍乾，夫人便拿著印章走進來，熟練地為丈夫落款。

打二月河在電話裡告訴我地址「南陽市臥龍區政府」，我心裡直犯疑：什麼樣的人會住在「官府」裡，難不成真是「皇帝」？通過警衛盤問，穿過漆字「為人民服務」的大牆，只見二月河在小徑盡頭招手。他打開家門，我眼前一亮，一畝青蔥菜田跳了出來。

「我習慣自己種菜。」二月河彎下腰來檢視菜苗，笑容比冬陽還要溫暖。

二月河人稱「皇帝作家」，身體裡流的卻是農民血液，出身河南昔陽李家莊。跟他一樣寫清代皇室出了名的，還有高陽與金庸。金庸出身海寧世家、高陽是正統旗人，只有寫活了三個皇帝的二月河，不僅沒有一丁點貴族的血液，父母還是「老八路」——把封建階級革掉的共產黨革命軍。

在當年，二月河父母可是梁山泊般的英雄好漢。父親凌爾文一九三八年參加共產黨革命軍，母親馬翠蘭隨後隻身夜奔太行山尋夫，也加入了共軍。凌爾文當過昔西區委書記，馬翠蘭則是新中國第一代警察，做到公安局局長。二月河認為，「我做事的膽氣和豪勁是母親給的，腦力與智慧則受賜自父親」。

二月河出生時，父母剛經歷中日戰爭與上黨大捷（共產黨大勝國民黨）兩場勝仗，一群戰友喜洋洋地為嬰兒取名「解放」，這是雙重意義的解放。

凌家三代都是軍人。二月河在二十一歲那一年投筆從戎，參軍十年；二月河的女兒也做了現代花木蘭。

這樣的時代、這樣的家庭背景，二月河照理該寫揭竿起義的陳勝、吳廣或洪秀全，他偏偏挑了康熙、乾隆。

一開始是《紅樓夢》牽的線。二月河憑著自學被著名紅學家馮其庸吸收為紅學會會員。一九八二年全國「紅樓夢」學術研討會上，一群紅學家從曹雪芹談到曹寅、康熙皇。當他們感嘆著康熙缺乏一本像樣的文學作品，沉默的二月河突然冒出一句：「我來寫！」

就這樣，二月河在三十七歲那一年「中年轉業」，拿起了筆桿。

二月河自認文史哲素養「不輸任何一個大學生」，但他從小不是考試的料。國小、國中、高中都留級一年。高三畢業那一年，他已經二十一歲了。

來不及細想未來，命運幫二月河做了決定——驚天動地的文化大革命來了，所有大學取消公開招考，年輕人不是當兵、就是下鄉勞改。二月河選了參軍，被命運推著走上父母的老路。

參軍時，二月河做的是最重的粗活——煤礦掘井一年、打坑道掘井五年。這養成他寫長篇巨著的耐力，他曾經為了寫工作報告，六天五夜不闔眼，回到家繼續熬夜寫小說。

文革停下了整個國家的文化巨輪，卻沒停下二月河讀書的決心。軍隊是特權，他經常被派到荒山野嶺，在深夜挑燈夜讀雜書、禁書，比民間還要自由。他還當上了「儒法鬥爭史」的教員，以「批孔鬥孟」為由，光明正大閱讀四書五經。

年輕時，二月河某次上圖書館借書，被館員嫌「你有什麼資格借書！」他從此不上圖書館，寫書需要的史料，都是軍俸有限的他自掏腰包、一本本「攢」下來的。他還偷藏了不少文革期間抄家抄來的珍本線裝書，包括許多絕版的清人筆記。

二月河幼年跟著父母遷徙於洛陽、欒川、南陽，他從軍時隨軍奔走，經過的都是黃河流經的省分。他常在夜裡聽見黃河的嘯聲：「猶地在震動，如無數人在呼喚，又像一聲無盡的長吟和嘆息。」他說這種聲音「可以洗浴、可以洗心，把你所有的榮辱憂患，統統洗得乾乾淨淨。」

準備開筆「康熙」時，二月河認為本名不像歷史作家，於是想了個字謎——二月的黃河，冰凌融解，突然湧出大批大塊的冰，互相撞擊著、徘徊著順流滾滾東去，一洩而下，安靜的黃河發出了嘯聲。

「凌解放」就這樣變成了「二月河」。他三十七歲前的驚風疾雨，化成五百萬字的滾滾大河，浩浩蕩蕩向讀者席捲而來。

寫《康熙大帝》時，二月河還在南陽市委宣傳部上班，只能利用晚上創作。好強的他甚至沒告訴太太這場「皇帝大夢」，深夜一個人偷偷爬起來寫稿。軍隊的訓練給了二月河鋼鐵的意志，夏天時他把腳放進水桶中驅走炎熱，冬天裡用菸頭燙胳膊趕走睡意。

南陽地靈人傑，三國亂世之際，諸葛亮隱居南陽臥龍崗躬耕十年，被劉備三顧茅蘆請了出去，揚名天下。二月河「夜耕」不到十年，也憑著一卷《康熙大帝》橫空出世，「臥龍」成為飛龍。

「《康熙大帝》還沒寫完時，編輯告訴我，你一定要把康熙的陰險毒辣寫出來。我說，我一定要把康熙的『大』寫出來！」

笑起來一臉憨厚的二月河，其實長了一身反骨。在反封建、瀰漫階級鬥爭思想的紅色時代，他干犯大忌，將康熙寫成雄才武略的「大」帝。到現在，網路上還有人罵他是「唯皇史觀」、「過分美化帝王」。

二月河的反骨，來自家裡一道根深柢固的陰影。

八年抗戰期間，二月河的父母、大伯先後參軍，爺爺只得僱人耕種老家的田，卻因此在日後的政治運動中錯畫為「富農」階級。戴上「富農」帽子的凌家，三代不得翻身，爺爺、奶奶慘遭批鬥，父母升遷受阻，就連二月河兄妹的求學、工作都受到影響。

母親在二月河高中時過世，父親晚年時趕上鄧小平摘掉所有的「帽子」，得到比妻子更高的級別。夫妻倆卻也因「級別不同」，不能同葬一室。只有清明掃墓時，二月河才能將他們請在一起祭拜。

「我恨這樣的級別制。青山已化灰燼，還要講這些東西。」

二月河書房裡有一張祖父傳下、父親用過的太師椅，椅上的雕龍雕鳳在「破四舊」時給拆掉了，他卻珍藏至今。「五百萬字的歷史小說，每一字都是在這張椅上寫出來的！」他說這把椅「椅背特別正、椅腳特別長」，在上面寫作氣正字順，「我才可以一寫幾十年」。

這把「龍椅」，傳下的是凌家的骨氣。

二月河眼中，父親是一個調兵遣將的軍事奇才，偏偏陷入政治泥沼，終身鬱鬱不得志。凌爾文在一次次政治運動中嚇出病來，晚年得了偏執型精神官能症而嚴重失眠；怕褻瀆領袖，連「毛」衣都不敢穿。

「他一生都在躲避別人的傷害，什麼過錯都沒有，卻像一隻驚弓之鳥。」二月河為父親抱不平。

抗戰期間，凌爾文為避叛徒出賣，足足住了七年墓穴；二月河寫晚年的康熙，為怕兒子暗殺也不敢住在寢宮裡。二月河將宮闈與官場鬥爭刻畫得入木三分，因為他早早便洞悉了人性的陰暗、政治的無情。

諸葛亮成名後離開南陽，為劉備鞠躬盡瘁；成為大作家的二月河卻留了下來。問他為什麼不搬到北京？他答得妙：「到了那裡，我會變成特別優秀的人；在南陽老朋友多，我就是一個不特別優秀的人。」

二月河早早便體會「盛極而衰」這個道理。他寫起小說不要命，寫康熙時得了鬼剃頭，寫乾隆時突然中風。那是電視劇「雍正王朝」在中央電視台播出的第三天，電視劇把二月河推到最高峰，他卻躺進了醫院，在鬼門關前徘徊。

《康熙大帝》中有個特別出彩的角色「伍次友」。他是康熙老師，才高八斗，卻因批評時政屢次落榜，無意中助康熙成就霸業，卻寧可退隱山林。二月河說伍次友是作品中「最像自己的角色」——二月河當了十年兵，該升級時卻遇上幹部凍結，加上父母遭遇，他早就看破仕途功名。

另一個南陽名人范蠡才是二月河的理想——在功成名就之際飄然隱退，和西施泛舟太湖。政府撥給二月河一棟位在「官府」裡的獨棟兩層樓房，讓二月河「大隱隱於朝（朝廷）」。中過風的二月河不再寫長篇，只寫點散文隨筆。外界看他行蹤神祕，傳他病重，其實他在自己的小天地裡自在極了——讀書、種菜、畫畫、寫字、寫文章、下網路圍棋；心情煩悶就到附近的菜市場轉轉，扯著嗓子喊「賣呼拉糖的」。

這樣的生活，就連皇帝也會羨慕吧。

說故事的人

擁有許多讀者的作家往往是會說故事的人。但並非每位受歡迎的作家，天生就會說故事。很多時候，說故事是一種使命。

「我沒有別的本領，就只會說故事。」初冬的北京，章詒和在住家附近的星巴克接受我的採訪。我到現在都還記得，她擁有一雙比七十歲外表年輕很多的眼睛，眼神清亮銳利，彷彿能一眼把人看穿。

那是北京奧運落幕之後。剛經歷傳統與現代的猛烈衝突，走進胡同、這個城市的歷史深處，觸目所及到處掛上「拆」字，暗示一個時代要落幕了。但是，即將到臨的另一個時代又是什麼？霧濛濛的霾害之下，疾走的人們臉上掛著迷惑。

在這些即將灰飛煙滅的胡同裡，人們開始尋找故事。章詒和的《往事並不如煙》，打開胡同的幽深大門，走出康同璧、儲安平、羅隆基、張伯駒、史良……一個個從胡同走出來的最後的貴族，一篇篇美麗淒迷的老故事，迷濛了讀者的眼睛。

筆下人物豐富多彩，溫暖有情；章詒和本人卻有著冷酷的線條，像冬日裡老胡同四合院灰白的牆壁。她不大笑，用詞簡潔犀利；藏在眼鏡底下的眼神銳利如刀，注視我的時候，我感到微微的寒意。

行前我打電話給章詒和，探詢是否可在她家中見面聊。多年累積的經驗，受訪者的家往往提供更多的線索與暗示，走進他們的家就像走進他們的內心。但章詒和冷冷回答：「我的家只有律師能進去。」

她約了我在星巴克見面，同時強調，她不接受拍照。

「我這輩子，經歷了天堂、地獄、人間三部曲。」坐在咖啡館裡，章詒和簡潔地總結人生的三個階段。

章詒和的父親章伯鈞，是中國民主同盟（民盟）的創辦人。民盟是在國民黨與共產黨之間，所謂的「第三勢力」。「民盟」一度被共產黨重用，章伯鈞歷任交通部長等重職。章詒和隨父親搬進北京一處擁有九十三間房的大四合院，開始她天堂般的快樂童年。《往事並不如煙》裡的眾多人物，也在這裡登場。

一九五七年，章伯鈞被打成右派，章詒和的天堂生活逐漸走向終點。文化大革命期間，章家多次挨鬥，章詒和更因日記中批判江青，以「現行反革命」的罪名逮捕入獄，掉進了地獄。

二十六歲的章詒和被送到採茶場，過了十年「永遠處於饑餓狀態」的牢獄生活。「我學會了扯謊、罵人、偷東西——這是監獄生存必需的能力。」她曾在懵懂狀況下做了告密者，害人被槍斃。

「我從關進監獄的那一天起，就立志要把『往事』都寫下來。」

「一千零一夜」中的波斯王妃，為了躲過被國王處死的命運，在夜裡訴說一個個故事。章詒和說故事，也是為了對抗死亡的陰影。她筆下那些高貴細緻、像刻在青花瓷上的故事，是在監獄的漫漫長夜中誕生。

章詒和與齊邦媛，是我所接觸的作家中，記憶最驚人的兩位。齊老師八十歲開筆寫一百萬字的《巨流河》，細細描寫一生中重要的每一天每一幕，人物的對白動作、場景物件描繪細膩，彷彿對照日記。但齊老師告訴我，她的日記早在戰亂中佚失，書中字字句句皆是她根據記憶完成。

飛官張大飛給齊老師的最後一封信，長達逾千字，書中一字字記得清楚，彷彿信就揣在身邊。齊老師說，這封信幾十年前便遺失，「但是，你看過幾千幾萬遍，每天每天在腦海中複述，怎麼會不記得？」

在《往事並不如煙》中，章詒和巨細靡遺地描述人物場景、細節動作，做到「往事歷歷如目」。然而經歷文革，日記盡付浩劫，章詒和的天堂往事沒留下隻字片語，只留在她的腦海裡。

章詒和的記憶力並非天生的好。她說自己國中時曾因「忘性驚人」，創下失物五十三件的紀錄。

十五歲那年，父親打成右派，章詒和被同學孤立，只能跟在父親身邊，記下第三勢力的點點滴滴。二十六歲關入監獄後，章詒和的記憶力更加發達了。在深沉的黑暗中，往事一幕幕在她腦海中上演，一遍又一遍，色彩鮮豔又美麗。

「一個人孤獨到極點，孤獨就成為力量，支持你去記憶。」章詒和臉上毫無表情，聲音卻充滿力量，一字字沉進北京微寒的冬日。

那一代的人，沒有打卡和臉書、雲端硬碟，連日記和信件都在戰火中灰飛煙滅。但是，他們把一生最重要的記憶好好地保存著，等待生命中某個開啟的時刻。

一九八〇年代，出獄的章詒和從地獄回到人間。沒受過文學訓練的她，用土法鍊鋼的方式開筆寫「往事」。以史良為例，她在本子上一條條記下腦中關於史良的所有細節，再重新組織這些細節。

章詒和一遍又一遍地重寫、編排情節，同時大量閱讀文學小說、散文。她告訴我，「一個細節可以重寫幾十次」。

歷史是選擇性的記憶。章詒和說，國民黨記國民黨的歷史，共產黨寫共產黨的歷史，不左不右的第三勢力，卻在歷史上蒸發了。

章詒和的堂哥章培毅也是第三勢力。國民黨特務將他關進重慶的渣滓洞看守所嚴刑拷打，還把屍體丟進硝水裡。渣滓洞慘劇曾被改編成小說《紅岩》、電視劇《江姐》，在大陸人人盡知，「裡頭完全沒有提到他」。章詒和知道，再不用筆勾住亡靈的一點魂魄，這些人曾有的豪情壯舉，就會在時間的硝水中屍骨無存。

回到人間的章詒和，說故事是她唯一的使命。

十年磨一劍。一九九二年她完成第一篇〈憶張伯駒〉，但要到二〇〇二年，她把〈史良：

正在有情無思之間〉登在「老照片」月刊，這才舉座皆驚。

《往事並不如煙》一出場便豔驚四座。章詒和卻足足練筆了二十年，應了梨園俗諺：「台上一分鐘，台下十年功。」

章詒和原本想念歷史，第一志願是北大歷史系。報考大學前，章詒和向父親請教填志願，章伯鈞喟嘆：「只有藝術家和科學家是乾淨的。」章詒和進了中國戲曲研究院。

章詒和認為自己寫的是人物，而不是歷史。「戲曲最重視人物形象。」研究戲曲多年，她下筆總是細細描繪人物的衣著打扮、舉止神態。她曾向山水畫家潘素習畫，因此文筆像畫筆，沾染層次豐富的色彩、高遠清雅的意境。

中國傳統戲曲最重要的是「亮相」。角兒上場，要先用最美麗的姿態向觀眾「亮相」，博得滿堂彩。章詒和筆下的人物都有這種「亮相」的特質，他們總是先用最美麗的姿態向讀者「亮相」，縱使接下來的命運是如何灰暗悲慘，一如章詒和自己。

「說了這麼多別人的故事，我最想說的其實是自己的故事。」訪問進行了一兩個小時，一直到這時候，我才感覺到章詒和的臉上線條稍微柔軟了，緊閉的內心世界有了點鬆動，四合院的大門輕輕打開一個隙縫。

畢業後，因為家庭成分不好，章詒和被分發到四川川劇團工作，「每天只是寫字幕、賣票。」她和劇團樂師唐良友談戀愛，向政府申請結婚，也因家庭成分遲遲不准。唐良友陪她逃到了北京，又在鐵窗外等了她十年。出獄後章詒和被朋友「逼婚」，她卻倔了起來：「過去你不讓我辦，現在我偏不辦。」某天這對有情人一時興起跑去登記結婚，終成眷屬半年後，唐良友卻因急性膽囊炎猝逝。

「半夜裡他突然大叫，我開燈，將他抱在懷裡，他已經斷氣了，右眼角緩緩流出一滴淚。」說起這樣疼痛的往事，章詒和臉上還是看不出表情，彷彿述說別人的故事。我不禁想，她是否也在腦海中演練了一遍遍這些情節，努力想找到說故事的方式。

女兒是章詒和另一個痛。她在獄中產下和唐良友的愛情結晶，將她交給娘家撫養；出獄後，母女還是兩個世界的人。「我的後事將由律師辦理」，她臉上還是雲淡風輕。一生以父親遺志為己任的章詒和，卻有一個老死不相往來的女兒。

「我的一生太痛苦了，現在還沒有勇氣提筆。」章詒和說，自傳將是此生「最後一本書」。

採訪結束，我拿了一盒茶想送給章詒和，她搖搖頭：「我不收禮物。這些東西放在家中，死後怎麼處理？」冷冽的話語再度讓我心中一凜，曾經向我開啟的這座四合院，大門再度緊閉。

說完故事，章詒和又把自己關了起來，在身邊築起了一道冷硬的牆壁。身為一個說故事的人，她把炙熱的溫度，都留給了故事。

《往事並不如煙》的故事舞台，是章詒和位在「東吉祥胡同十號」的老家。章詒和說，她幾十年沒回這個「家」，也拒絕了帶我重訪舊地的提議。根據書中描寫，我找到位在地安門東大街內的東吉祥胡同，卻怎麼也找不到十號。

隔了一條馬路是南鑼鼓巷，裡頭的東棉花胡同是羅隆基住過的；再走十來分鐘便是什剎海，潘素、張伯駒水墨畫般的四合院，當年便落腳湖畔。南鑼鼓巷與什剎海都是北京推動文化觀光的重點，「胡同遊」地圖上列了好多名人故居：齊白石、段祺瑞、國父孫中山、梅蘭芳、田漢、文天祥……左的右的、文的武的都有。

當然，名單上不會有章伯鈞、羅隆基、張伯駒……。

東吉祥胡同七號裡，一個中年男子正在掃地。他告訴我，「早就沒有十號了，但宅子還在。你瞧，那棵最大的楊樹底下就是。這可是這裡最好的四合院，章伯鈞住過的。」

咦，你也知道章伯鈞？他點點頭：「文革抄家的時候，幾十輛卡車從這裡開出去，載的都是章伯鈞的書。」他領我到昔日的十號，一扇沒有門號的紅色大門深鎖，連紅色也顯得淒涼。「這個四合院有三進，大得嚇人，這邊是花房，好多植物盆栽……」。問他怎麼這麼清楚？他說，文革時開了好幾次批鬥大會，小孩子常溜進去逛。他還記得某個夜裡，章夫人從屋裡跑出來，半路被紅衛兵抓住，拖了回去。他躲在家裡聽得一清二楚。

之後陸續有新的主人搬進這座四合院，都是部長級以上的高官。他們也都經歷了繁華與凋落吧？

在拆遷胡同的呼聲下，東吉祥如今只剩下四戶人家。「十號也要拆，聽說要建一個新式四合院。」男子說得稀鬆平常，彷彿看盡樓起樓塌。

北京的夜色來得特別早。下午不到五點，東吉祥便有一半沉進了黑暗。一面灰牆慢慢溶入暮色，牆上紅字「離搬遷公告期結束還有七天」，閃著最後的微光。

這些四合院裡的老故事，還會有人接著說下去嗎？

吃一碗張拓蕪煮的臺灣牛肉麵

談到臺灣牛肉麵的起源，許多食家會告訴你，一九四九年來到高雄軍營的四川軍人，在成都菜「小碗紅湯牛肉」加上麵條，搖身一變成為臺灣最具代表性的常民美食。而我親耳聽到的牛肉麵起源，是作家張拓蕪告訴我的。

那一天，紀州庵舉辦私房菜「張家牛肉麵」試吃宴，邀來一票作家品嚐根據張拓蕪獨家配方熬煮的「張家牛肉麵」。留著一縷白鬍子的張拓蕪彷彿南極仙翁，笑呵呵端出他精心調理的牛肉麵，空氣中飄滿濃稠的香氣。

這碗牛肉麵得來不易。牛肉選自北港黃牛肉，以番茄、洋蔥熬湯，再以慢火煨三個小時，最後點上辣豆瓣醬。眾人皆讚「好吃」，唯獨張拓蕪落筷便嘆氣：「當年一起吃牛肉麵的六個朋友，如今只剩下我一個。」

關於牛肉麵為什麼會在臺灣走紅？如此簡單的搭配，為什麼可以在遍地小吃的寶島獨領風騷？美食家可以給一百種答案。但我以為，這個問題不能單純用味蕾來回答的。

以一本《代馬輸卒手記》膾炙人口的張拓蕪，是臺灣「小兵作家」的代表。那個混亂的年頭，軍隊把軍馬的飼料貪汙光了，軍馬活活餓死，只得由小兵代替軍馬來扛砲、拉砲。張拓蕪便是「以人代馬」——代替馬兒扛砲的小兵，軍服上繡的名牌就是「代馬輸卒」。這樣一段荒謬的歷史輕如塵埃，沒有正史會記錄，就這樣被張拓蕪寫進文學之中。

我第一次聽張拓蕪說這個故事，是在他的永和家中。說起這段往事，張拓蕪笑得開心，荒謬苦澀的歷史在他口中全變成輕喜劇。那時他快八十歲了，中風行動不便，妻子離他而去。處於人生絕境的他，眼神卻賊亮賊亮、洋溢喜趣，好像有一個小孩子的靈魂住在裡頭。

張拓蕪出身農家，連小學都沒畢業。他不滿意成名作，認為寫《代馬輸卒手記》時的自己是「蓬首垢面的老粗」，「肚裡的故事太粗糙了，不夠『油』。」他為此勤讀詩詞、背誦名家佳句，家裡擺了全唐詩等文學經典，努力擺脫粗糙的「兵」味。

「沒人說故事及得上我。」張拓蕪說自己肚裡墨水有限，卻很能說故事，總是讓人聽得津津有味、欲罷不能。司馬中原、朱西甯等軍中作家，最喜歡找張拓蕪說故事，「臺灣許多作家筆下的故事，都是我說給他們聽的。」他一臉得意。

將軍寫的是歷史，而小兵寫的是文學。一九四九前後的臺灣文學，有一半是像張拓蕪這樣的小兵寫的。

在動盪離亂的時代，許多年輕人走在路上莫名其妙被抓了當兵，從此回不了家，張拓蕪卻是自己選擇當兵。「我不怕苦，就怕挨打。」他說自己在家老挨打，十三、四歲便逃家投靠軍隊，發了餉便「開小差」當逃兵，花光錢再找軍隊投靠。

「有一次投靠軍隊，他們要幫我報身分證，不許我頂別人的名字。我當場翻桌上的王雲五字典，隨便找了兩個字。」拓蕪這個充滿文學味的名字，其實是他隨手從字典中「翻」來的。

「二二八事變後兩個禮拜，我跟著軍隊到了臺灣，在山區到處搜捕謝雪紅。現在想起來，就像遠足一樣。」張拓蕪接著說起他初到臺灣的經歷，仍是喜劇的調子。我想起描述納粹恐怖歷史的義大利電影「美麗人生」，嚴肅沉重的歷史，在他口中成為黑色幽默。

張拓蕪有這麼多故事可說，跟牛肉麵脫不了關係。

一九五五年張拓蕪第一次吃牛肉麵，地點是在高雄鳳山軍營福利社。他記得很清楚，當時一個月軍餉十元，牛肉麵一碗要五元五角；許多同袍省吃儉用，為的就是為了下個月能吃到一碗牛肉麵。張拓蕪和同袍集資買一碗牛肉麵，玩撲克牌贏的人可享用，他靠玩牌贏得人生第一碗牛肉麵。

推算時日，那是牛肉麵剛剛誕生的時刻。張拓蕪說，那時大夥都窮，誰有機會吃到牛肉麵，一定吆喝好友一起聞香享用。他腦中許多大江南北故事，就是好哥兒們等牛肉麵時流來傳去。

詩人周夢蝶是張拓蕪的軍中好友。退伍後，周夢蝶愛吃牛肉麵，張拓蕪吃遍各家麵館，無師自通學煮牛肉麵。當時他有五名好友，包括周夢蝶在內，六人常聚在一起吃張拓蕪研發自製的「張家牛肉麵」。

張拓蕪煮牛肉麵，煨牛肉要三小時。六位老友就圍坐在鍋邊，在漸濃的香氣中談天說地。他有一肚子的故事要說，也總是聽來一肚子的故事。

這一代的作家怎麼交換故事呢？張拓蕪突然轉頭問我。我告訴他，寫部落格和臉書、MSN吧。

張拓蕪中風後面臨經濟困境，朋友勸他把自己的故事寫出來，誕生了《代馬輸卒手記》，光一本書的版稅能買棟房子。

大陸開放探親後，張拓蕪帶了《代馬輸卒手記》等四本自己寫的書回到家鄉，恭恭敬敬放在祖父和父親的墳前。誰能想到，當年那個不讀書、怕挨打的農村渾小子，竟然憑肚子裡的故事賺到第一棟房子呢？

牛肉麵攤在臺灣遍地開花。但張拓蕪說，這麼多年來，他嚐遍臺灣眾家牛肉麵，總覺得沒當年軍中吃的好吃，也沒他自己動手做的有滋味。許多牛肉麵的牛肉「像鞋底」，味同嚼蠟。他說，這是因為現代人缺乏耐心，用快鍋煨的牛肉火候不足，也缺乏食伴之間的感情調味，「牛肉麵應該是好友共享的記憶。」

朋友一一離開後，張拓蕪也失去了說故事、寫故事的勁。「我們的故事只寫了十分之一，要全部寫出來，一百萬字跑不了。」他嘆口氣。

牛肉麵私房宴的尾聲，張拓蕪不忘叮囑一眾食客，以後來紀州庵吃「張家牛肉麵」，一定得跟朋友一起來吃啊。

這是我最後一次見到張拓蕪。他口中一百萬字的一個時代的故事，始終沒有寫出來；「張家牛肉麵」的滋味，卻在紀州庵傳了下去。

牛肉麵之所以成為臺灣美食代表，我以為，這一碗麵，佐料包括了時代的烽火、故事與回憶，火候則加上了友情的勁道。這樣千迴百轉的歷史之味、人生之味、友情之味，就是臺灣牛肉麵的味道。

用墓碑寫成的民國史

一代名伶孟小冬的墓簡潔大氣，符合她被封為「冬皇」的霸氣與清絕。她和梅蘭芳、杜月笙情愛牽扯了一輩子，三人的墓卻各自東西。杜月笙葬在汐止的杜家家族墓園，孟小冬墓碑上刻著「杜母孟太夫人墓」，卻沒和這位叱吒風雲的上海皇帝葬在一塊，一個人孤伶伶安息於樹林的淨律寺樂山墓園。

我們來的時候還不是清明節，孟小冬的墳墓上已放上一束鮮花。淨律寺的僧侶告訴我們，孟小冬在臺灣沒有子女，墳上卻是鮮花不斷。自從章子怡演活了電影「梅蘭芳」中的孟小冬，在樂山墓園安靜了半世紀的孟小冬，開始有了訪客。

我和朋友其實是為了詩人周夢蝶而來。他也葬在淨律寺樂山墓園。一代詩人生前一定沒想到，死後竟然跟一代名角比鄰而居。

孟小冬是民初梨園最出彩的老生，梅蘭芳則是最知名的小旦。兩人顛鸞倒鳳合演正德皇帝和李鳳姐的「遊龍戲鳳」之後，孟小冬假戲真做嫁給了梅蘭芳。不過，梅蘭芳已經有了兩位夫人，主管梅家的福芝芳個性要強，堅持不讓孟小冬踏進梅家。

沒多久爆發轟動一時的情殺案。孟小冬的戲迷看了報上梅孟結婚的報導，一怒之下攜槍綁架梅蘭芳，卻誤殺了梅蘭芳的好友。媒體大肆報導後，梅蘭芳顧及形象，和孟小冬漸行漸遠。剛烈的孟小冬在報上登了「離婚啟事」，還告訴梅蘭芳：「以後要演戲，要比你梅蘭芳好；要嫁人，我要嫁一個一跺腳，地都要跟著顫，他絕不比你差。」

孟小冬說話算話。這位「一跺腳，地都要跟著顫」的厲害角色就是杜月笙。杜月笙比孟小冬大了二十歲，他在香港辭世前一年，四十二歲的冬皇穿著滾邊旗袍嫁給了上海皇帝。

孟小冬要的不只是和梅蘭芳的賭氣，還有名分。那個時代，未嫁女子即使名動藝壇，也擔心死後成為孤魂野鬼，霸氣如「冬皇」也需要一個寫上「杜母」的墓碑。

杜月笙在香港辭世，後人落腳臺灣，也將他的墳墓遷到臺灣。孟小冬一九七七年在臺灣辭世，卻沒葬進杜月笙的墓園。

陪著孟小冬的是杜月笙女婿金元吉，他的墳就在冬皇身邊。杜月笙的四太太姚玉蘭也是京劇名角，和孟小冬是好友。她看孟小冬年過而立還未找到歸宿，撮合了她跟杜月笙。閨蜜共事一夫，這在中國戲劇必然演成勾心鬥角的女人大戰，這兩個女人卻要好了一輩子。姚玉蘭帶著杜月笙的骨灰來臺，也邀請孟小冬來臺。

冬皇來臺後，姚玉蘭之女杜美霞經常探望她。杜美霞先生金元吉是癡迷京劇的票友，跟孟小冬也結為好友。金元吉過世後，杜美霞把先生的墓葬在孟小冬墓旁，旁邊預留了自己的位置，打算到了黃泉，夫妻倆也要一起陪伴孟小冬。

我在杜美霞的訪談中讀到，孟小冬是虔誠的佛教徒。她聽說有朋友要轉讓在淨律寺墓園的一塊地，一看便中意買下。孟小冬生前便選好自己的墓地設計，墓碑還是請張大千題的字。她選擇不葬在杜月笙身邊，也是對自己的一生下了註解。

「該去看周公了。」周夢蝶義子曾進豐將我從幽深的歷史隧道中拉出來，此行的目的是祭拜周夢蝶。春天清亮的陽光下，我們穿過一個個墳墓，發現許多墓碑刻上蔣經國、嚴家淦等黨國大老的題字，暗示墓中主人的地位。

淨律寺樂山公墓約三千坪，近兩百座墳墓，處處都是民國的傳奇。

以《王雲五大辭典》名留青史的大儒王雲五，和兩位夫人合葬於此。王雲五墓誌銘由得意門生中研院院士金耀基撰寫；洋洋灑灑上千字，把王雲五名言「人生斯世，好像一次壯遊」刻於其中。這篇墓誌銘文好、字好，曾收錄於《民國人物碑傳集》等書中，還曾被當成國文考題。

墓園左上方的「靈壽塔」，乍看是一間普通的水泥房子，卻是詩人周夢蝶、攝影大師郎靜山的最後歸宿。曾進豐說，周夢蝶是佛教徒，想為他尋找佛寺埋骨。看了幾處氣派的佛寺總覺「不對」，看到極簡的淨律寺便覺「就是這裡」。靈壽塔沒有多餘裝飾，符合周夢蝶的清簡風格。

靈壽塔這一天沒開放，我們只能在塔外遙拜。曾進豐本是周夢蝶的研究者，擔心周公孤身在臺無人照顧，接他到家中，一住就是十幾年。

他說，靈壽塔只在清明節開放，從前一年開始，文友詩迷相約每年於清明節這一天為周公掃墓，帶上他最愛的高粱酒和詩集。周公現在有孟小冬、郎靜山等人相伴，「孤獨國」也不孤獨了。

我們緩步走下墓園，一間小房子突然打開門，一名僧侶搖手要我們進來。這裡是淨律寺住持廣元法師所居住的「雲竹齋」，小小屋子掛滿張大千、于右任等名人字畫，宛如一間美術館。廣元領我們看完書法，說起淨律寺的故事：「樂山墓園就是用一百件書法興建的」。

一九六一年，廣元法師創建淨律寺。此地山清水幽，吸引張大千等人造訪，許多人向廣元建議闢建墓園。他在王雲五的支持下，於中山堂義賣一百件名人書法，所得之資悉數用於買下山坡地建設樂山公墓，一九七〇年正式啟用。

廣元法師說，淨律寺樂山公墓開創至今，不曾登過廣告、亦不曾與殯葬業者聯絡。墓中名人如王雲五等人，多是生前便為自己選好長眠之地。攝影大師郎靜山生前清苦，他欣賞淨律寺的清幽，卻擔心負擔不起費用，廣元承諾免費奉獻。

樂山居民多是一九四九年來臺的異鄉遊子。廣元說，樂山墓園除了風景清幽，還提供讓遊子安心的服務。他告訴為自己尋覓墓地的遊子：「未來如果子女回大陸，寺中僧尼一本佛教慈悲之心懷，照常代為祭祀管理。如後代遷移靈柩，只要問寺即可找到墳墓。因為寺院常駐，可作為永久的標誌。」

在那樣漂泊離亂的時代，淨律寺是理想的歸宿。那一代人就算權傾一時，對未來依然感到茫然，不知落葉最終飄往何處？生前「一跺腳，地都要跟著顫」的杜月笙，第二代老去，第三代多在國外，墓園傾頹荒廢，還不如有僧尼照顧的孟小冬之墓。

廣元法師也是生於時代夾縫中的遊子。他在一九四九年隨軍來臺，擔任桃園縣警察局保安隊文書人員。白色恐怖時代，政府誤認大陸派五百名僧侶到臺灣當間諜，拘捕了許多和尚。這段期間，在保安隊充作牢房的倉庫中，廣元先後遇到了星雲法師與律航法師，決定隨律航法師出家。

廣元年逾九十，僅一位弟子隨侍在側。這麼多年來，師徒兩人伴著這一大片墓地，守著這一群遊子的最後歸宿。他說自己平日讀經寫書法，以梵音佛經陪伴墓中好友，並不寂寞。

走出雲竹齋，眼前空谷寂寂、杳無人跡。我心想，如果廣元也離開了，這一頁民國史誰來照顧？

暮色四合，眼前的墓地漸漸被陰影籠罩，民國史的這一頁，彷彿輕輕闔了起來。

輯二・故事的重量

明星咖啡館裡的守護者

七十八歲的簡錦錐扶著欄杆，緩慢卻優雅地走上明星咖啡館二樓。他穿著整潔筆挺的黑色西裝，像是要赴一場盛宴。這段路燈光昏暗，牆上掛滿老照片，嘎吱嘎吱的木梯提醒訪客，每走一步，離歷史更近一步。

二〇〇三年明星咖啡館重新開幕，簡錦錐從埔里搬回明星第一代舊桌椅，找出藏在家中的俄羅斯杯盤，再找來老師傅用手工做出和當年一模一樣的鐵窗、木窗。這批桌椅經歷六十年風霜與九二一大地震，色澤質地卻一如當年，放上仿舊杯盤，彷彿未曾離開。

許多人以為，簡錦錐大費周章，為的是販賣明星咖啡館文學時代的氛圍。就像這一天的採訪，我以為他要告訴我明星和白先勇、黃春明等人的文學故事，沒想到，我得到的是另一個更遙遠的故事。

簡錦錐從口袋裡掏出一張黑白照片，裡頭坐滿一地西方人，「照片中的他們，剛在明星二樓開完俄國新年舞會。」我認出人群裡年輕的蔣經國和蔣方良，時光馬上啪啪啪倒退到一甲子前。

「照片洗出來後尼古拉（蔣經國俄文名）跟我說，不要留這一張啊，因為照中他的手像是要掐死芬娜（蔣方良）。」當時小蔣戀上顧正秋的緋聞鬧得滿城風雨，照片中蔣方良的笑容看得出勉強。簡錦錐形容為愛走天涯的她「很孤單，總想著回故鄉」。

來自俄羅斯的蔣方良是中華民國有史以來最沉默的總統夫人。夾在中國、臺灣和俄羅斯的政治夾縫中，她就像這張黑白照片扁平而暗淡，人們對她一無所知。但在明星咖啡館裡，蔣方良還原為愛跳舞、嗜甜點的俄國年輕姑娘芬娜，熱情、浪漫，為了愛情放棄一切、來到遙遠的異鄉。

蔣方良的葬禮上，傷心的簡錦錐堅持女兒代表出席。他說，芬娜的家人早失去了蹤影，「明星就代表她的娘家。」

「你看，左邊第三個就是艾斯尼。」簡錦錐指著照片告訴我，那是一個有著憂鬱眼神的中年人。艾斯尼是流著貴族血液的皇家侍衛軍，曾目睹沙皇全家屍體被淋上鹽酸的慘況。

一九一七年，俄共推翻沙皇政權，一群白俄人先後流亡到上海、臺北。簡錦錐認識艾斯尼時，艾斯尼已步入人生的黃昏，簡錦錐才十八歲。某日艾斯尼到簡家商店買拐杖，只有略通英語的簡錦錐可以跟他溝通，兩人結為忘年好友。簡錦錐為艾斯尼的外國朋友仲介房屋，發了一筆小財。

思念故鄉，艾斯尼和五位同鄉決定合夥開設專賣俄國食物的咖啡館，也拉了簡錦錐入股。一九四九年，明星在武昌街城隍廟對面掛起招牌，那時明星還不叫明星，只有一個英文名字Astoria。

「當時臺灣的地板不是黃泥土就是水泥地板。Astoria 卻是滿室木質地板，並以咖啡渣在地板上鋪出一個通道，一上樓梯就可以聞到濃濃的咖啡香」。簡錦錐閉上眼睛，彷彿聞到一甲子前飄出來的咖啡香。

合夥人之一伏爾林，曾在上海霞飛路開設 Astoria 咖啡館。據說臺北的 Astoria，完全按照上海的前世版本打造。明星咖啡館從誕生開始，便是一個懷舊和回憶的地方。

明星最有名的俄羅斯軟糖，由列比洛夫夫婦負責製作。列比洛夫曾在俄國王宮廚房裡工作，總是在自家祕密調製軟糖。

食物是治療鄉愁的靈藥，而明星就像一個時光隧道。流浪到臺北的俄國人，包括總統夫人芬娜，總是把明星當成故鄉，到明星買羅宋湯、俄羅斯軟糖，舉行晚宴和舞會。當時在臺灣的俄國人多是貴族出身，出現時總是西裝筆挺，衣服上一個皺褶都沒有，展現紳士在流亡生涯的從容與優雅。這習慣簡錦錐學了起來，一直保持到現在。

一九五〇年代臺海情勢緊張，伏爾林和列比洛夫陸續移民海外，艾斯尼留了下來。為了怕艾斯尼失去工作無法留在臺灣，簡錦錐獨資把 Astoria 頂了下來，請艾斯尼當顧問。

換了老闆的 Astoria 重新開幕，掛上中文字「明星」。白俄時代落幕，明星的文學時代開啟，客人換成了黃春明、白先勇、陳映真、季季、林懷民……。

黃春明代表作《看海的日子》、《兒子的大玩偶》，皆在明星咖啡館完成。黃春明談起這段日子時說，他經常坐一整天只點一杯咖啡，簡錦錐從不趕人，還交代員工不能打擾他。這種慷慨和包容，在錙銖必較的現代社會找不到了。

還沒到紐約習舞的林懷民，也是明星咖啡館的座上客，在這裡孵出了《蟬》。簡錦錐說，林懷民的父親林金生，曾到明星咖啡館找兒子，還開玩笑告訴他，懷著作家夢的兒子是「空ㄟ」。出身世家身居高官的林金生，對兒子的期望是當律師，違背父命的「作家」林懷民，在當時有著一副無法安定的靈魂。

不知道為什麼，明星咖啡館總是吸引漂泊的靈魂。被簡錦錐暱稱為「老周」的周夢蝶，在明星咖啡館騎樓下擺了幾十年的書攤。簡錦錐說，從大陸來臺的老周一人獨居三重，一九五九年開始擺攤。簡錦錐擔心他搬書辛苦，邀他將書籍寄放在武昌街五號——簡錦錐租給茶莊使用的房產，晚上可至此地留宿。周夢蝶累了，也經常進明星小坐，每次都坐固定的位置。

周夢蝶辭世後，有人在昔年書攤位置的柱子上，貼上周夢蝶的詩篇。簡錦錐將這篇詩改貼到明星咖啡館內周夢蝶的「老位子」牆邊，桌上放上老周的照片，將這個位置永遠保留給周夢蝶。

簡錦錐又說起艾斯尼。他接手明星後，把艾斯尼接到家中照顧，一直到他過世。身體衰弱的艾斯尼堅持每天到明星，一個人喝咖啡、吃點心。艾斯尼過世後，明星依然保留他的位置，每天放上點心和咖啡。

人們驚嘆，明星為什麼可以容忍作家點一杯咖啡坐一整天？原來就算是靈魂，也可以在明星擁有一個永恆的位置。

俄國人走了，流亡的靈魂繼續流亡，故鄉的滋味卻在明星封存。這歸功於簡錦錐驚人的記憶力，列比洛夫曾讓他看過一次調製俄羅斯軟糖的過程，他走後簡憑記憶調配，味道被老顧客稱讚「一模一樣」。

從年輕到老，簡錦錐每天醒來第一件事就是到廚房監工，看師父有沒有按照配方調製軟糖，麵粉、糖的比例一點都不容更動。

簡錦錐知道故鄉滋味對遊子的重要。明星的俄羅斯軟糖，芬娜一直吃到八十八歲過世前。就像作家雖然離開了明星咖啡館，但只要喝一杯明星的咖啡，就會感覺自己回到了四十年前文學的明星年代。

曾有電影導演找上簡錦錐，說要拍「明星咖啡廳」，他看完劇本便拒絕了。為了戲劇效果，劇本變成「一個白俄人和中國人建立友誼、又互相背叛的故事。」簡錦錐說他不能忍受對歷史的虛構。

有段時間，每週二簡錦錐固定帶孫子到郊外騎馬，教導他「不能摘蘆葦」。艾斯尼曾告訴簡錦錐，從莫斯科一路騎馬逃到哈爾濱時，馬兒就靠蘆葦活了下來。

「明星」其實便是俄文 Astoria 的中文。「天上的星星，代表對故鄉的思念。」艾斯尼告訴簡錦錐，他騎馬逃亡的路上，一直看著天上的星星。

臨走前，簡錦錐堅持要我帶走一盒俄羅斯軟糖。這款糖早因蔣方良聞名，然而到現在我才終於懂得它的滋味。

走出明星咖啡館，我抬頭往上看，昏黃的燈火中，簡錦錐的影子還映在二樓的窗口。六十多年來，明星咖啡館送走一批又一批漂泊的靈魂：遊子、作家或異鄉客。每一場盛宴都有簡錦錐，他從開始守到最後，為他們開門、熄燈。

簡錦錐默默守著明星咖啡館，就像他守著那一段與俄國朋友的情誼。這世上總有不滅的星星，也許是友情，也許是回憶。也有像簡錦錐這樣永遠的守護者，只要有他們在，漂泊的靈魂就有暫歇的角落，而我們就有了文學。

留住時代的光與影

臺灣沒有諜報片。如果有，我認為間諜最好的祕密基地，應該在這間不到六坪的攝影社：紫光攝影社。

位在臺北南海路上的紫光攝影社，店面不到六坪。老闆林光亮工作桌的玻璃墊下，卻壓著蔣中正、李登輝、陳水扁、馬英九、蔡英文、白樂崎等數十位政治人物的照片，全都是政治舞台上最閃亮耀眼的人物。中華民國歷任總統的照片，在這間窄小簡陋的攝影公司裡排排坐，有著荒謬的趣味。

除了蔣中正的時代他趕不上，玻璃墊下這些總統的照片多是林光亮自己拍攝。「拍照的時候，我比那些隨扈啊侍衛啊，都更接近總統呢。」

紫光攝影社地處行政中樞，周圍政府機關林立。在相機還是珍貴機器的年代，政府機關辦活動，往往就近找上信任的林光亮當一天攝影官。蔡英文、馬英九都是在還屬小咖時，便在林光亮的鏡頭下留影。

拿著相機，他擁有了和風雲人物最近的距離，看到我們所看不到的一切。

許多官員要洗照片、拍證照，就近找上紫光；三十年來，在紫光留下照片的官員達上千人。林光亮說，早年只要總統府有大量隨扈來拍出國證照，就知道總統要出訪了。早年紫光附近有個重要的軍事機構，每次變動人事，總會找林光亮拍走馬換將後的大合照。政壇的人事浮沉、詭譎風雲，在林光亮的鏡頭下留下沉默的見證。

紫光沖洗過的照片，拼起來就是一頁臺灣政治史。

一九四八年成立的紫光攝影社，比國民政府更早來臺。

林光亮告訴我。二戰後臺北第一代攝影社，多以「光」為名。紫光第一代老闆是來臺傳教的南京人，全盛時期，全臺所有戲院劇照都交給紫光沖洗。這位創辦人在臺無子嗣，第二代老闆是他的徒弟，一九八〇年代移民國外，紫光由來自嘉義的林光亮接手。

林光亮有個「光」字，但紫「光」並非他所創。名字的雷同是巧合，也可能是命運的安排。

他原是富士軟片公司業務，升職受阻，一咬牙決定接手紫光。林光亮從頭學起、四處拜師，向同業學拍照、學修照片、修相機，拜過師的照相館有幾十家。

林光亮的鏡頭，記錄了臺灣政壇半世紀的光與影。但鏡頭後的他沉默低調、隱於市井，甚至沒有察覺，自己扮演了歷史上一個微妙的重要角色。

紫光的鎮店之寶是一張前總統蔣中正的彩色照片。林光亮說，這張照片原是黑白照片，一位出身黃埔軍校的建中教官從國史館找來，請他塗上顏色。他找來資料研究，上色後放上櫥窗，一位研究軍事史的專家經過告訴他：「除了某個徽章顏色弄錯，其他都對。」

這張照片貼在紫光櫥窗十多年。許多軍人、建中學生經過敬禮，也有人指著照片大罵。櫥窗後的林光亮，對於歷史的滄海桑田早已見慣。

紫光的櫥窗裡不只有叱吒風雲的人物，也有平凡百姓。

這天林光亮正用電腦數位修補臺灣早期的手工上色照片。他將泛黃、破損部位補上鮮豔色彩，照片中的女子身影漸漸清晰了起來，明眸皓齒、巧笑倩兮。「這是一位客人的初戀情人。」他看著照片微笑，自己也沉浸在照片溫柔旖旎的氛圍之中。

臺北照相館最盛時期有四、五千家，在數位風暴的襲擊下，十年來倒了三分之二。林光亮順利挺過，靠的就是這門修老照片的絕活。

彩色底片普及前，「彩照」多是手工在黑白照片上塗顏色。半世紀過去，這些照片殘破泛黃，需要重新翻拍修補。林光亮修老照片的技術遠近馳名，臺中、高雄都有人慕名送修老照片，史博館甚至介紹客人給他。

數位相機尚未誕生前，林光亮拿鋁筆沾修整油，細心幫照中人「美容」，包括修眼袋、加深輪廓，染黑頭髮。到了3C時代，他又從頭學起，跟兒子學電腦、買參考書學數位修片。「這門功夫要技術、還要耐心。」老手藝結合新科技，林光亮做出好口碑。有人拿奶奶逃難時攜帶的老照片請他修補；也有人帶來初戀情人的老照片，希望他幫忙找回美好的回憶。

夜裡，林光亮經常獨自加班，躲在紫光修補這些老照片。他說，自己修補的不只是一張照片，而是一個時代的記憶、人們珍貴的感情。

在紫光攝影社，眾生平等，不論貧富貴賤，最終留下的不過是一張歲月的光影。

林光亮保留紫光最初的攝影棚，除了換上數位相機，其他擺設三十年來沒動過，彷彿定格在某段時光。「這種古老的攝影棚找不到了，」好幾部懷舊電視劇、廣告都在這裡拍攝。「我接到訊息，柯達要重新生產彩色正片了。」林光亮說，日本又開始流行傳統相機和底片。他相信，有著照相館師傅手感溫度的底片與實體照片，終有一天會回到現代人身邊；而他會守住相館，等待這一天的到來。

時代潮起潮落，但林光亮不動如山，守著自己一片土地，靜靜修補這個時代的記憶。每次我走過紫光攝影社，總是忍不住探頭進去，只要看到林光亮在微暗的燈光下，修復時代的光和影、記憶與感情，就會感到無比安心。

作家的位置

最後一次遇到鄭清文是在國家戲劇院。那時我受邀去看綠光劇團改編自鄭清文小說的〈清明時節〉，觀眾滿座。謝幕時，導演吳念真上台告訴觀眾，鄭清文來了，就坐在你們之間。觀眾頓時熱烈鼓掌，小說家卻沒起身，隱身人群之中。

在如雷的掌聲中，我不自覺地跟著上千名觀眾一起拍紅了手。那種感覺親密而溫暖，你坐在讀者／觀眾之中，雖然看不見，卻知道創作者就在你身邊，一起呼吸人世間溫暖的空氣。

據說，〈清明時節〉在臺北演多少場，鄭清文就看了多少場。但他總是靜靜坐著，隱身於觀眾之中，用台下的角度，觀看台上自己的作品。

這一生，鄭清文寫了三百篇短篇小說與童話，被封為「臺灣短篇小說之王」。

這位「臺灣短篇小說之王」得過國家文藝獎、美國桐山環太平洋書卷獎。但他極少在公共場合露面，從演講、座談，到藝文界各種茶敘餐聚，我幾乎沒看過他。

全世界文壇都以長篇小說為宗，總覺得短篇小說氣勢不如長篇；小說家要鞏固地位，就得寫長篇小說。諾貝爾文學獎也到了幾年前，才肯頒給專寫短篇小說的加拿大主婦作家艾莉絲．孟若。但鄭清文寫了三百多篇短篇，卻只寫了三篇長篇小說。

第一次採訪鄭清文，我便向他提出這個問題。他的答案很簡單：「因為我還要上班啊」。零碎的創作時間不適合寫長篇，一直到六十五歲退休後，他才得以專注於寫作長篇，八十歲完成大河小說。

〈清明時節〉中的男主角在銀行工作，這其實是鄭清文的寫照。鄭清文人生的履歷表，大部分時間填的是「銀行員」。他在銀行工作了一輩子，退休後才「轉行」當專業作家。

電視電影中的小說家，要不就在咖啡館裡寫作，要不就在城市裡浪遊，或在家中耍廢大喊「靈感在那裡」。你很難想像，一個小說家白天的身分，竟然可以是人們眼中市儈俗氣的銀行員。鄭清文這樣的作家，如果出現在電視電影裡，主角肯定頹廢喪志，抱怨銀行員工作瑣碎消磨寫作熱情，然後率性辭掉工作，天涯海角追夢去。

鄭清文卻得意地告訴我，他在銀行工作四十多年，「一天假都沒請過」。他以銀行員的職業為傲，認為自己是認真創作的小說家，也是認真工作的銀行員。將近半世紀的時間，鄭清文白天在銀行兢兢業業，從打算盤到敲計算機、電腦，晚上回家換上寫作的筆。

鄭清文住在永康街附近，周圍聚集眾多咖啡館。但他從不到咖啡館寫稿，筆下三百多篇小說，都是在同一張桌子完成。他說：「我是一個不喜歡變化的人。」千變萬化的，是他筆下的世界。

這張書桌是父親為鄭清文量身訂做。鄭清文家中開木器行，成年時父親親手為他做了一張書桌，因為家中只有他一個讀書人。鄭清文說，桌子是用梢楠木做的，這種木頭香氣四溢，早年木匠完工後，還可以把剩下的木灰拿來燒香。

父親送給兒子的成年禮是書桌，既是象徵又是預言。鄭清文搬家三次，始終帶著這張書桌。一輩子，他只有一張書桌，寫了幾百萬字。

每天晚上八時，鄭清文總是穩穩地坐在桌前，一寫兩個小時不縮手；生活規律，靈感卻如泉湧。他說自己一提筆「寫字都來不及」，根本不需菸酒刺激靈感，一個禮拜就能完成一篇短篇。有時題目還沒想到，有雜誌或報紙約稿，他答應了，時間一到總是寫得出來。

鄭清文說，他筆下的小說多數基於真實故事，但都用虛構筆法寫出，「因為虛構是超越事實、追索真實」。

一輩子勤懇工作的銀行員，如何找到三百多篇小說的素材？他說，當了銀行員一輩子，光是坐在櫃檯前，一眼就能看到許多故事。

藝術家蔡國強曾告訴我，創作者最難的，在於保持漁夫般的純真眼睛。太有創作者的自覺，會產生一種創作的自負；站在高高在上的位置，用一種自以為是的角度和眾生拉開了距離，創造出來的萬物也顯得造作不真實。

而鄭清文一直穩穩地坐在銀行櫃檯前、靜靜地坐在自己的書桌裡。他筆下的人物就生活在你我四周，帶著煙火氣，好像只是剛好經過了小說家的櫃檯前，被小說家恰巧記錄了下來。鄭清文從不在小說中下判斷，而是讓讀者自行體會人情世故與人性幽微處。

一張桌子一隻筆，不社交不應酬，鄭清文寫了一輩子，靈感不曾枯竭。過世前，他還在籌劃一部描述第二次世界大戰前後臺灣的大河小說。他坐在父親送給他的書桌前告訴我，臺灣有太多故事值得書寫，有太多問題他渴望用文學救贖。

許多人抱怨，專業作家的待遇不好，政府應該為他們做些什麼。但我無法想像，一個拿政府補助的作家，能夠寫出擁有獨立精神的作品？

還有人說，作家太寂寞了。許多作家因此四處演講、參加座談和上節目，賺車馬費也賺知名度。但是，一個總是站在台上的作家，能寫出讓台下觀眾溫暖揪心的作品？

鄭清文一直坐在台下，坐在讀者和觀眾之中。我始終相信，這才是作家最理想的位置。

低調與高調

英國塗鴉藝術家班克西（Banksy）在倫敦蘇富比拍賣畫作「女孩與氣球」，拍賣官落槌後數秒，部分畫布通過畫框內暗藏的碎紙機切碎，當場成為一件全新作品「垃圾桶中的愛」。買家最初大驚失色，知道自己將擁有一件足以進入藝術史的「行為藝術」之後，欣然接受。這件作品拍出了五千萬臺幣的高價。

班克西是全世界最知名的街頭藝術家，塗鴉作品遍布全世界街頭。許多人認為其作品屢創高價，是因為班克西高調善於炒作話題。然而班克西本人其實低調到令人難以想像，他（或她）的真實姓名、年齡，乃至於性別，迄今仍是一個謎。看過班克西真實面貌的人，大概只有其經紀人。

有人說班克西其實是一群人，也有人說他是一名樂團領袖。

一個國際知名的藝術家，作品遍布街頭，觀眾日日擦身而過，卻沒有人知道他（或她）的真實身分。我關了電腦，不禁想起李碧華。

香港作家李碧華，是我採訪生涯中，最難「定位」的一位作家。我「採訪」過她、卻沒見過她，甚至連她的聲音都沒聽過。

那年臺灣出版李碧華新書。我從《胭脂扣》開始讀她的作品，連壹週刊專欄都沒錯過，忍不住向出版社提出採訪要求，飛到香江也願意。出版社卻回答，李碧華只接受筆談，讓我寫好問題由出版社轉給她。

而且，李碧華不給照片。

我聽了傻眼。通常要求筆談的作家不外乎兩種，一是身在異國有時差，二是追求字句精準不容刪改。然而就算要求再嚴苛的作家，必定會送上一張照片登上報導。

那已是圖像準備凌駕文字的時代，即使是從事文字工作者如作家，總會被編輯要求提供照片，放上書本和報導。照片就是作家的 logo。就算作家再其貌不揚，也必須送上一張朦朧的沙龍照，讓讀者無限遐想。就在採訪李碧華不久前，我剛採訪了一位從香港來臺打書的美女作家，看到本人和書中照片的落差，吃了一驚。

美女作家經歷一連串的聯訪、專訪後，略帶疲憊的告訴我，這趟來臺打書雖然累，比起大陸的宣傳行程實在不算什麼。在對岸，光是跑完十幾個一線、二線城市，就要一兩個月。「酒香也怕巷子深」，一旁陪同的出版社宣傳說，在這個時代，沒宣傳就死路一條。

李碧華卻推翻了這些潛規則。

作品部部膾炙人口、大小螢幕通吃，還有專書《文學香港與李碧華》以她象徵世紀末香港。李碧華的容貌、年齡卻始終是個謎。

李碧華從不公布照片，因此不少網站誤把臺灣歌星李碧華的照片貼進她的檔案，還有人在網路上問：李碧華是男是女？

她不接受媒體的面訪、電訪，記者的提問只能透過編輯寄給她，她再以極簡潔的文字回覆。某次一位大陸記者經高人指點，來香港堵她，她立即避走，留下一封書信：人生不外乎自由與快樂，人生低調，活得逍遙。

她也不參加演講、座談，拒絕任何需要上台領獎的榮譽。據說她曾用本名參加一場文學活動，到場發現沒人認得她，開心得不得了。

到了臉書時代、微博時代，作家用臉書帳號行走江湖，得不時向粉絲報告生活起居、所見所聞。但你還是找不到李碧華的臉書、微博，可你每週都可以讀到她的專欄、每年都可讀到她的新書。李碧華不談自己的身世、隱私，感情和婚姻生活全是謎。從文章中可以知道她在中藥行中長大，父親是山水畫家，出道前當過老師，此外是一片空白。這讓媒體無從八卦，少了話題。

在依賴八卦和話題熱鬧生活的香港，李碧華是名人，卻顛覆了名人所有的潛規則。

對於外界好奇，李碧華在一篇文章中統一回答：「別那麼好奇我的面貌，我是那種擺到人群裡，不容易特別被認出來的樣子，沒什麼好描述的。和外界的人和事保持適當的距離，對我來說是好的，不老記掛著自己的影響力，不去想有多少人正在看你寫的文字，不至於動不動就把自己當成苦海明燈，方才真可以瀟瀟灑灑地寫。」

我寫給李碧華的問題，她很快回覆了。沒跳過任何一個問題，答案言簡意賅。

為什麼不接受採訪？李碧華回答：「生活平淡，人平凡，沒有筆下人物十分之一的轉折與跌宕。」

靈感怎麼來？「只消打開銀行存摺，瞄一瞄那數字，嘩？就這個？多恐怖！大吃一驚，馬上靈感泉湧，揮筆疾書，毫不偉大。」

來過臺灣嗎？她透露其實經常到臺北閒逛買書吃喝玩樂，她喜歡臺北的文化氣息和「稀奇古怪的新聞花邊」，特別欣賞各色地道小吃，認為「燒仙草紅心粉圓」是「動聽的名字」。她懷念九份的粉圓，而逛夜市讓她感覺「人生還是熱鬧而歡快的」。

她彷彿就生活在你身邊，說著人間煙火瀰漫的故事。也許此刻她就在你的身邊，只是你無法指認。

這是不是創作者和讀者之間最好的距離？

窗外，人群熱鬧洶湧。李碧華和班克西，或許正走過你我身邊。

沒有書桌的作家

電話裡，莊永明一口答應我的採訪，卻言明我不能到他的書房現場，他會寄照片給我看。「我的書齋是書災」，他說得懇切，「我怕你受傷害。」

透過他生動的描繪，這座無緣的書房，逐漸在我的腦海中成形。在莊永明不到三十坪的公寓裡，足足堆了數萬冊的書，一座座書「山」占滿客廳、餐廳、臥室……幾乎找不到「平地」。就像玩樂高，只要不小心抽動其中一本書，整座書山便會應聲而倒。

「我從來不進圖書館。」策畫、寫作了近五十本臺灣歷史書籍的莊永明，這輩子竟然從未進過圖書館。他說自己不是專家學者，而是「小販型」的文史工作者，「喜歡賣可口小點，不賣飯店大餐」。他堅持寫作材料「每一頁、每一本都是自己買來的」，「不扔書」更是重要守則。

我想起小說家二月河。他寫出《康熙王朝》這樣膾炙人口的歷史小說，卻從來不上圖書館。二月河出身農民家庭，他告訴我，某次上圖書館遭到恥笑，從此立志不上圖書館；寫小說參考的每一本史料，都是自己蒐集買來。

做個不上圖書館的民間學者，莊永明的家註定成為書籍氾濫成災的小型圖書館。空間不大、預算有限，莊永明只能將書一本本堆起，再擺上兩座除溼機。「每次買張桌子、椅子，一下子便被書堆滿了。」莊永明買書速度驚人，家裡任何空出來的「平面」，馬上就會被書本攻城略地。

生活在書山中，莊家人「習慣站著吃飯」，腳上都有一條條被書頁刮傷的血痕，彷彿書的印記。莊永明說太太「嫁進門時就是這樣了」；女兒在書山下長大，更是習慣；高中時帶同學回來，得到「你家像光華商場」的評語；出嫁生子後，兩個孫兒在祖父的「指導」下，在書山間大玩「捉迷藏」。

住在書山裡的一家人，自得其樂。

這麼一座座書山，莊永明如何分類找材料？他回答：「一切都在我腦海裡。」這個「亂中有序」的「序」，只有莊永明才明白。莊永明怕這個「序」被碰亂，因此不歡迎客人來家裡，「每次整理都是一次造山運動」。九二一大地震時，莊永明不在家，趕回家後卻發現門打不開，崩落的書山把門口堵住了。

這樣混亂的地方，書桌擺哪裡？

莊永明說，他寫作不用桌子，只要一個陪了他三十年的小木凳。寫稿前，莊永明將需要的書堆成一座山，再搬小木凳到「書山」前擺好。一坐上凳子，莊永明靈感源源不絕而來。這個小凳子，勉強算是莊永明的書桌。

這一座座書山深藏驚人寶藏。莊永明曾幫以「杯底不可飼金魚」聞名的呂泉生寫好傳記，但呂泉生要求莊永明必須等到經濟遇到困難時才可以出版，草稿迄今還留在莊永明家中。呂泉生拔光牙齒前，親自演唱一曲「杯底不可飼金魚」，再將錄音帶寄給莊永明，這個帶子也好好藏在莊家。

我沒機會進入莊永明的書房，卻有機會走進他的老家。

幾年後，莊永明主動約我在大稻埕見面。近七十歲的他，搬了把凳子，在貴德街一處亭仔腳坐下。我以為他要提筆寫作，他卻開始說起故事。

這裡是「風頭壁」。一甲子前，大稻埕沒這麼多樓房，坐在這裡可以聞到不遠處港口的氣息；每逢製茶季節，柔軟的海風總帶著一抹茉莉花香和茶香。莊永明說話時閉上眼睛，彷彿一縷帶著花香和茶香的溫柔海風徐徐拂過臉龐。

那一天，貴德街五十三號剛掛上招牌「市定古蹟大稻埕千秋街店屋活化計畫」，這是臺灣第一個由柑仔店整修而成的古蹟，也是莊永明的老家。

一九二九年的大稻埕風華正茂，茶行洋行林立，吸引各國商人來此交易。李春生、辜顯榮、陳天來等富商都在貴德街或附近建造豪宅，貴德街成為臺北最早的洋樓街。

那一年，莊永明父母在貴德街開設「莊協發商號」，賣雜貨給茶商與工人。他說，這間柑仔店從早上七點開到晚上十一點，「可能是臺灣最早的7-11」，各路人馬在此聚集買菸打酒、交換情報八卦。莊永明和鄰居的孩子，每人搬了把凳子在柑仔店前坐下，好多好多故事就如海風般湧來。

莊媽媽是說故事高手，莊永明到現在都還記得媽媽說的廖添丁被警察追捕的傳奇。「廖添丁一跳跳到我們家，踏上水井腳一彈，人就飛到屋頂了。」他說得興高采烈，彷彿廖添丁突然跳了出來。

不只廖添丁，許多歷史和傳奇人物就生活在莊永明身邊。柑仔店左邊是「臺茶之父」李春生紀念教堂，對面住著茶商吳文秀，右邊則是「補破網」、「望春風」填詞者李臨秋的故居。

吳文秀是第一個參加世界博覽會的臺灣人，莊永明還記得吳太太纏了小腳，經常隔著窗口跟他打招呼。

「一代青衣」顧正秋公演五年的永樂座戲院也在附近。顧劇團落地生根後，許多「戲二代」都是莊永明的同學。

百年繁華宛如過眼雲煙。永樂座早已消失，貴德街如今只是一條不起眼的小巷，僅剩被列為古蹟的陳天來宅第和李春生紀念教堂，殘留一絲昔日光華。坐在板凳上的莊永明彷彿時間的老人，想把百年光陰追回來。

莊永明從小喜歡聽歌、唱歌，國小音樂老師吳開芽是童謠「造飛機」的作曲者。李臨秋過世時，莊永明寫了一篇三千字的追憶文章登上《雄獅美術》，受到文壇注意，接著發表一系列論述臺灣歌謠的文章，開始寫作之路，把他聽到的故事一一寫出來。

當時莊永明任職的公司有本《大同雜誌》，找了作家鍾肇政開專欄。鍾肇政看上莊永明的才華，推薦該雜誌找「自家人」開專欄。此專欄便是讓莊永明奠定地位的「臺灣的第一」。

如今媒體滿是「臺灣之光」，但在莊永明那一代，「臺灣第一」曾經是禁忌。莊永明的專欄介紹各種領域的「臺灣第一」。他原本把專欄取名「臺灣第一」，但編輯不想碰觸「臺灣為大」的政治敏感，將專欄名改為「臺灣的第一」。直到專欄集結成書，才得以正名「臺灣第一」。

寫作近四十年，莊永明目睹臺灣史從「險學」變成「顯學」，「但真相依然籠罩在迷霧中。」他感慨，戒嚴時代是「找不到真相」，現在是「找到真相，卻有多種政治性的解讀」，沒有共識的真相等於沒有真相。

莊永明唯一堅持的，便是繼續述說常民生活史，「只有當生活史凌駕於政治史，真相才會浮現。」

七十歲後的莊永明飽受眼疾之苦，寫書的速度慢了。但他堅持每周要帶遊客做幾小時的大稻埕文史導覽，最後一站回到他童年的柑仔店，把店裡的板凳統統擺出來讓遊客坐下，聽他在時間的海風之中，講述大稻埕的傳奇。

莊永明閉上眼睛，臉上浮出笑容，大稻埕的繁華起落都在身邊，而他從聽故事的人變成說故事的人。

時代的風呼呼吹著，但莊永明的凳子穩穩立在亭仔腳下。我想，只要有這樣一個角落存在，歷史的真相就不會被掩蓋。

手機

我們已經習慣了手機的存在，甚至因此忘了它的存在。但只要失去了它，你會整天惶懼不安，徬徨失措。

現在，我要告訴你，一則關於手機的愛情故事。

他是曾經在出版界叱吒一時的風雲人物，轉入網路科技界後依然是浪尖上的人物。第一次見面，他告訴我，他有手機，卻不用手機。

我怎麼可能相信？他可是網路科技界的代表人物啊！這是大老闆最常見的託辭，還有人會告訴你他根本沒有手機，為的是阻止閒雜人等如記者的奪命連環叩。「我不用手機，再怎麼打都連絡不上我唷。有事請找我的祕書吧。」其實他們都有手機，只是不想讓你知道。

直到發生了這件事，我才明白他沒有說謊。

那一天，他和妻子在國外旅行。上火車前在餐廳休息，妻子突然倒下。

被救護車送到醫院的途中，他慌了手腳。一般人這時必然拿起手機打回臺灣求救，但他平常不用手機，手機裡空無一物，一組電話號碼都沒有。

靈光一閃，他拿起妻子的手機回撥給朋友，終於連上了線，找到了救兵。

再次見到他，是在妻子的告別式上。

這是一個被食物、咖啡香氣環繞的告別式。他的妻子愛吃懂吃，喜歡在家中設宴款待朋友。他把她鍾愛的點心、咖啡和麵包擺滿會場，朋友一一邀齊，自己和兒子忙碌地招呼著，彷彿在家中舉辦一場盛宴，只是女主人缺席了。

盛宴終了，他站到舞台中心，這輩子第一次在外人面前，講起他和她的故事。

「她是我跟世界的聯繫。」她是他的大學女友。從小鎮來到臺北的他天才橫溢，卻有社交障礙，把自己關在書本中。在臺北長大的她溫暖好客，身邊總是圍繞朋友。因為她，他有了一群朋友，他開始用她的眼睛看這個世界，用她的朋友感受世界的溫度。

那時世界上還沒發明手機，她已經成了他的手機，幫他接起世界的聯繫。

踏出校門，外人看他用驚人的才華打造了出版王國，但他其實一直是個關在自己世界裡的社交邊緣人，她是他與外界唯一的聯繫。他沒有信用卡、錢包，銀行帳戶都靠妻子打理。某次妻子帶兒子出國旅行，到了香港才發現忘了幫他留錢，緊急通知朋友「記得帶他去吃飯」。

她是他的手機，是他跟世界的聯繫。他在她搭建的城堡裡安心生活，直到她突然離去。出事後，朋友在她的手機上留言，要他別斷了聯繫，「別把自己關了起來。」

他說：「不是我要斷了聯繫，而是世界跟我的聯繫斷了。」

說到這裡，他停下來，吸了一口氣後說，「我不會把自己關起來」。他承諾，會永遠保留她的手機，保持跟世界的聯繫。

又過了好長一段時間。他照常上電視、演講、寫書、經營公司，彷彿沒有任何改變。

這一天，他突然在大飯店裡舉辦了一場宴會，邀來妻子生前的好友、飯友。宴會中出現的十六道菜，都是他親手烹調。在這之前，他連蛋炒飯都不會。

這十六道菜都是妻子的手路菜。「我過去從來沒做過她的菜，輪不到我做。這一年來，這些我吃了四十年卻沒有做過的菜，我做了很多次。」有一道紅燒肉，光入味就要三天。他說，想把妻子的口味、溫暖和對朋友的心意，統統保留下來。

他變成她的手機了，她與人世唯一的聯繫。朋友想念她的食物，他為她做出來；她的溫度、味道，他在世間上為她保留著。

現在，他成為她的手機，替她接起每一通電話。

這事過了好久以後，有時我也會疑惑，我願意當別人的手機嗎？

有時，我會想打個電話到她的手機。我想，手機的另一端會有人接起，告訴我：「她很好，她活在我的心裡。」

收書人樂伯

「我只要看過這個人的書櫥，就知道他的人生故事。」樂伯只肯讓我們拍背影，他坐在板凳上，凝望著對面山腰上繚繞的山嵐，背影悠悠映在身後寂靜的山路上。

沿著九份繁華老街往上走，穿過長長人龍、商鋪、小販的吆喝與遊客的嘻鬧，過橋、上坡……當人聲消退，你的心隨山路愈走愈清明，就會看到樂伯開的二手書店。九份雖是知名觀光景點，但多數跟著觀光指南的旅人不會來到這裡，若不是跟樂伯約了採訪，恐怕我也不會走到這裡。

這長長的山路就像長長的人生，能不能走到樂伯這樣的境界，每個人的際遇都不同。

位在山城的繁華盡頭，樂伯二手書店不到二十坪，沒有任何裝潢設計，書架、書桌都是樂伯在街上拾回的二手家具。在注重裝潢設計勝過書種、不複合經營就什麼都不行的年代，這樣素樸的純種書店應當是絕種了。

樂伯自有一套經營哲學，「我不希望客人是因為燈光好、氣氛佳而買書」。他說，想看風景「走到外頭就有了。」書店外就是群山萬壑，一層層山景隨著時間變幻光影與色彩。二手書店沒有大書店的氣派，「看到客人趴在地上看書，我反而更感動。」樂伯說。

沒人知道樂伯的本名。據說他欠了一些債，因此受訪拍照時拒絕露臉，只讓攝影師拍背影。樂伯的人生就像這山路，走過繁華曲折。他曾是臺北數家連鎖書店的大老闆，連續遇上三次風災，被迫關門還欠下一屁股債。十多年前，樂伯來到九份，對著繁華再現的山城感慨：「為什麼這裡沒書店？」他決定重回書店這一行。

重操舊業，樂伯面對的是截然不同的書店經營型態。連鎖書店販賣新書，書源從出版社、中盤商進書，樂伯可以整天碰不到書。賣二手書卻得親自到出清藏書的人家中收書，或是在垃圾回收場跟資源回收者搶書。

如今的樂伯沒有舒適氣派的辦公室，大部分時間都在外頭奔走，出門收書才是他最主要的工作。樂伯收二手書從不假手他人，一天得出門三、四趟，有時一早五六點出門，有時深夜兩三點才到家。

二手書往往有著時間的皺褶和汗漬，一如樂伯現在的人生。

樂伯到府收書的對象，許多已走到人生盡頭。為了跟時間賽跑，樂伯堅持不讓他們等，一接到電話馬上上門。樂伯說，這些藏家清書不為賺錢，只為把一生珍藏託付他人。這些充滿皺褶和污漬的二手書，對他們來說是生命經驗的傳遞和延續。

「一座書櫥是一個人的回憶錄。」收書這麼多年，樂伯養成進門先看書櫥的習慣。「在人生的盡頭，你會留下什麼樣的書？什麼階段的回憶？」樂伯說，書櫥就是一個人的生命歷程。他總是停下來，仔細瀏覽一遍書櫃中的一本本書，彷彿重新走一趟主人這一生的內心世界。

愛書的人總是愛講故事，而樂伯特別喜歡聽故事。每次收書，他總是坐下來，花上好幾個小時、甚至一天的時間，聽書主以書為線，串起一生的故事。

許多藏書者是來臺第一代外省人，「幾年前還在聽抗日故事，今年終於講到剿匪。」有時候，同樣的故事樂伯會聽到兩種版本，「早上到二二八受難者家中，下午就遇到警備總部後代。」

樂伯收書，再遠的路途都不開車。他喜歡搭火車、小巴，「這樣才可以趁搭車時間，坐在車上好好看書。」當連鎖書店大老闆的時代，不論是開車或搭轎車，樂伯根本沒有時間看書。習慣背著大袋書上下山路，樂伯得了腰傷，一年得躺在床上好幾天。

樂伯二手書店藏書四萬本，擁有許多珍貴的民國文獻檔案，都是樂伯自己一趟趟到府收書的心血。但他開價不高，許多同業聞風來樂伯二手書店買二手書，轉手就是幾倍利潤。樂伯不在乎，「我收書是為了聽故事。」

十多年來，樂伯讀完幾千本「人生之書」，有時一天要嘗好幾遍人生的酸甜苦辣。回首前塵，他輕嘆：「客人給我的教育，遠超過我這一生的教育。」

別人看樂伯辛苦，他卻樂在其中。回想過去的大書店歲月，「整日忙生意，擺的書也不能自己做主」；如今店裡擺的都是樂伯一本本親自收回來的書，每本書都藏著書主的人生故事，只有樂伯讀得出來。「做了一輩子賣書的人，到現在我才覺得自己是真正的『讀書的人』。」人生此刻，樂伯終於享受到「賣書為生」的快樂與自由。

採訪結束，沿山路往下走，突然接到樂伯電話：「快抬頭看，這裡的夕陽特別美。」抬頭，一輪金黃色的夕陽佇立在雲霧繚繞的山頭，不是光采奪目的美，卻流動一種飽滿的醇厚。

張愛玲也有王牌經紀人

問宋以朗，為什麼願意花十年心力遍讀幾百萬字的張愛玲資料？他一時答不出來，換了好幾個話題後突然找到答案：「讀了她的信，覺得她和我很像。」

二〇〇九年張愛玲遺作《小團圓》出土，把張愛玲熱推到最高峰。這本半自傳小說文學價值有爭議，八卦價值卻驚人。小說裡的人物不僅可以跟張愛玲一生參差對照，還反過來幫張愛玲其他小說中的人物解謎，讓真實人物對號入座。

張愛玲生前極度注重隱私，《小團圓》卻一口氣扒光了祖師奶奶塵封多年的隱私與不堪的愛情，把傳奇變成八卦、把華麗的袍子變成蚤子。該不該為了讀者知的權利與一點偷窺慾，出版作者生前不願意出版的《小團圓》，引起張迷兩派論戰。

引發這場風暴的就是宋以朗。父母過世後他成為張愛玲遺產執行人，手握作品生殺大權。

《小團圓》手稿曾在皇冠創辦人平鑫濤的書桌裡塵封了幾十年，卻在他手上曝了光。

這本張愛玲生前不想出版的書，最後成為張愛玲最暢銷的著作，銷量破百萬本，把張學推到極致。

《小團圓》撕毀祖師奶奶華麗的袍子，讓現實中不堪的蚤子顯形。然而當李安電影「色，戒」上映，引爆「民族女英雄」鄭蘋如後人控訴張愛玲「詆毀先人」，只有宋以朗可以拿出父母與張愛玲的通信證明，女主角王佳芝的故事是宋淇提供的點子，跟民族女英雄毫不相干。

宋以朗究竟是張愛玲的知音推手、王牌經紀人，還是販賣亡者隱私的吸血鬼？

一見面，宋以朗便興沖沖告訴我，已將張愛玲九十萬字書信輸入電腦準備出版，「也許到那時候，大家才可以讀到一本有根有據的張愛玲傳記」。坊間的張愛玲傳記汗牛充棟，卻虛實難辨。

為什麼要出版張愛玲生前不想出的書？

「我出書，會有人罵我貪錢、觸犯隱私；我把稿子銷毀，會有人罵我文盲，你懂個屁；我不出版也不銷毀，便會有人罵我什麼也不做。既然怎樣都會挨罵，我決定自己作主。」

宋以朗父母宋淇、鄺文美是張愛玲一生摯友，張愛玲遺囑交代身後物由宋家繼承。父母相繼辭世後，宋以朗接手張愛玲遺物。從職場退休的他，把所有時間花在閱讀張愛玲遺物，包括手稿與書信。

他不只出版銷量驚人的《小團圓》，《雷峰塔》、《易經》等張愛玲未發表的冷門英文小說也陸續翻譯付梓。他不只讓張愛玲的文學生命得到延續，也化身張愛玲的人間發言人——當讀者對張愛玲的作品有疑問，宋以朗立刻變身偵探找出張愛玲書信中的隻字片語、蛛絲馬跡，為張迷解謎。

比方，短篇小說《殷寶灩送花樓會》中，那位跟女學生談戀愛又不肯負責的教授，透過宋以朗的追蹤，發現原型便是知名學者傅雷、鋼琴家傅聰的父親。大家都看不大懂的《異鄉記》，宋以朗從父母和張愛玲的通信，發現這才是張愛玲真正想寫的作品。

張愛玲在信中告訴摯友，自己大多數的作品都是沒法才寫的；而真正要寫的，總是大多數人看不懂。那些「看不懂」的部分，就靠宋以朗在張愛玲和父母的六十萬字通信中大海撈針，拼湊真相。

傳言宋以朗靠張愛玲致富。但有香港記者造訪宋以朗，發現他一人獨居，家徒四壁，家中卻處處堆滿張愛玲史料。

談起那篇訪談，宋以朗笑說，一點也不覺得自己「家徒四壁、無妻無兒」很淒涼，反而喜歡這樣的生活。他說自己沒什麼物欲、喜歡離群索居，就像晚年的張愛玲。

遺囑執行人整理張愛玲遺物時，發現獨居的張愛玲家徒四壁、地板上堆滿袋子。宋以朗說，張迷以為張愛玲晚景淒涼，但其實她留下的銀行存款近百萬臺幣，稱不上貧窮。

宋以朗熟讀張愛玲寫給父母的信，發現出版商、朋友、經紀人常干預張愛玲的意願，代她做「不出版」的決定，「我現在的責任就是把選擇權歸還讀者，而不是給張愛玲的未刊文字做最後審判。」

宋以朗是統計學博士，擁有嚴謹的研究精神。謠傳張愛玲想到臺灣訪張學良，宋以朗在書信中找不到蛛絲馬跡，於是讀了幾十本張愛玲專書，發現源頭來自學者司馬新，但他寫的是「看來」張愛玲想採訪張學良。

張愛玲在一九四三、一九四四這兩年，把一生最精彩的短篇小說發表完畢。宋以朗以經濟學者的眼光分析，那時上海貨幣貶值太快，張愛玲若寫長篇連載，寫完稿費必已大貶，還不如打游擊寫短篇。「因為超級通貨膨脹，才成全了張愛玲的一部傳奇。」這是張迷學者從來沒想過的觀點。

臺北國際書展舉辦的「張愛玲特展」，策展人根據黑白歷史照片打造張愛玲的上海客廳，顏色是自己想像。宋以朗卻是千辛萬苦找到張愛玲姑丈後人，找到了這一批家具。他拿出手機中的照片秀給我看，跟展場中的張愛玲客廳一點都不像。

對張學投注如此大的熱情，宋以朗應當是張愛玲的頭號大粉絲吧？他搖搖頭，坦承自己接手張愛玲遺物之前，不愛文學、不看張愛玲。

他對張愛玲本人也幾乎沒有印象。一九六二年張愛玲短暫借住宋家，曾住進宋以朗的房間。但宋以朗說，她不喜歡跟小孩聊天，兩人根本沒交集。被記者問煩了，宋以朗問姐姐。姐姐告訴他，張愛玲「近視，卻不喜歡戴眼鏡」，有胃病、吃隔夜的麵包。

要閱讀一個人長達半世紀、近百萬字的書信，沒有熱情做不到。對這麼一個陌生的長輩，宋以朗的熱情打哪來？

宋以朗突然轉了個話題，談起劉若英主演的張愛玲電視連續劇「她從海上來」。在這部戲中，宋淇只出現不到一分鐘，鄺文美根本不存在。宋以朗為父母不平，「他們是張愛玲一生最重要的朋友啊。」他說，張愛玲的九十萬字書信中，跟宋家父母的通信便有六十萬字。

宋以朗說，多數張愛玲的傳記沒提到宋淇和鄺文美，就算兩人出現，形象也往往是負面的。宋以朗為此出版了《張愛玲私語錄》，收錄父母和張愛玲的重要書信，反映三人之間長達一輩子的深厚友情。

宋淇和張愛玲、錢鍾書、傅雷、夏志清等名人都有深交。宋以朗表示這幾年「很焦慮」，總擔心來不及整理父母遺物，不久前才剛把父親和國學大師錢鍾書的六十多封通信，送還錢夫人楊絳。

宋淇是一代才子。他是戲劇家宋春舫之子，身兼紅學研究者、文學評論和翻譯家。在這樣動盪的大時代，宋淇移居香港後散盡家財，食指浩繁，為了營生先後任職美國新聞處、電影公司和香港中文大學，無法專注於寫作。宋淇曾想寫一部張愛玲傳記，卻來不及完成。

我突然明白了。宋以朗想出版張愛玲九十萬字書信，其實是為了父親。他花十年閱讀張愛玲九十萬字書信與相關文獻，想追尋的不是張愛玲，而是父母的身影。宋淇才氣縱橫，卻因缺乏機遇無法成為歷史舞台上的主角。藉著追尋張愛玲，宋以朗拼湊父母的身影，想在中國文學史上為父親打造一個鮮明的角色。

張愛玲的作品經常是冰冷的傳奇，親人與親人、朋友與朋友之間殘忍的互撕與算計。透過宋以朗，我第一次在張愛玲的文字中讀到了，有溫度的友情與親情。

我們不在咖啡館

「像我們這種經常游蕩的人，需要一個讓你不知道自己在哪裡的地方。」張耀的目光輕輕掠過我，落到窗外的遠方。我看著張耀，不知道他眼睛裡亮的是上海的夕陽，還是什麼地方的月光。

張耀的工作室位在上海虹橋區商業大樓第二十八樓，窗口玻璃擦得晶亮。此時是下班時刻，從他的窗口往下望，底下的車潮和人潮，在上海的煙霧與塵霾中恍惚地像一片海洋。「看下去不要認為那是上海虹橋，而是托斯卡尼的海。」張耀這樣要求工作夥伴。

「我不在咖啡館，就在往咖啡館的路上」。這是曾風靡臺灣第一代文青的金句，始作俑者就是張耀。這句話不是張耀創造的，然而如果沒有張耀，這句話不會擁有這樣令人迷惑的魔力，可以穿越東西方之間廣闊的海洋，讓我們這一代人對歐洲咖啡館所代表的世界，如此心嚮往之。

上個世紀末，張耀以一本歐洲咖啡館攝影文集《打開咖啡館的門》、一句引自維也納作家彼得．艾騰貝格的名言「我不在咖啡館，就在往咖啡館的路上」，開啟臺灣探索咖啡館的熱潮。幾年後張耀的《咖啡地圖》在上海出版，新興小資階級人手一本。大陸新周刊曾遴選「二十本改變中國人閱讀方式的書」，《咖啡地圖》入選，張耀與金庸、米蘭昆德拉等人並列。

那時星巴克剛攻進臺灣，現煮咖啡還沒占據便利商店，「文青」一詞剛剛誕生，自助旅行就像現在的蘋果手機一樣時尚。自認有品味有個性的年輕人，書櫃中必然會有張耀，以及米蘭昆德拉的《生活在他方》。因為張耀，我們即使沒讀過海明威、費茲傑羅，也知道左岸咖啡館。

我的書櫃也擺了這兩本書。張耀和米蘭昆德拉到底寫了什麼，如今已模糊如陽光下閃爍的海。那時的我根本也不在乎他們到底寫了什麼，光是書名——那樣模糊閃亮的《生活在他方》，就會讓我陷入一種逃離的美好想像。

在家鄉的窗口，看見托斯卡尼的海。我們多麼希望從自己的窗口望下去，看到的是全世界的海。對於總是想要逃離什麼的這一代，張耀的咖啡館就是窗口。

張耀這個名字曾經帶給我太多的想像。以至於第一次見到張耀的時候，我很驚訝，這位咖啡館教主竟然定居在上海，而不是在擁有那麼多迷死人咖啡館的歐洲。

那是上海重新美麗起來的時候。外灘的燈打亮了，和平飯店的老年爵士樂手吹起慵懶的「夜上海」，人們重讀張愛玲、開始懂陳丹燕，傾全力挖掘上海的傳奇與風花雪月。整個城市打上懷舊的朦朧燈光，等待另一場比上世紀三〇年代更豪華的派對——二〇〇八年的上海世博。

「現在正是上海有趣的時候。」旅居歐洲多年的張耀，選擇在這個時刻返鄉。他說，此時的上海和維也納、巴黎、羅馬一樣，是世界旅人的超大型旅館。

張耀是土生土長的上海人。返鄉後他和太太在飄滿梧桐葉的法租界衡山路布置了一個家，卻告訴我：「對我來說，上海像個咖啡館。我從火車上拿行李下來，到這裡喝杯咖啡、歇個腿。」

沒人將張耀歸類於上海作家。即使返鄉多年，讀者總以為他還在世界的哪一個角落流浪。

「在這個世界上，別人都在經營 connection（連結），而我只經營 vision（視覺）。」上海人爭相買房炒房，但張耀沒買過一間房子，「我喜歡被當成陌生人」。他甚至不記得自己的手機號碼，「我的手機只用來撥出去，而不是接電話」、「我不覺得自己被別人需要是一種需要。」

「我是一個不屬於任何一個地方的人。」張耀不吸菸，但我總錯覺，他身邊有一層朦朧淡漠的煙霧，模糊了他身邊的時間和空間，把他框在一個不知名卻迷人的遠方。

張耀拍攝的照片，恆常籠罩著這樣朦朧的煙霧。他的照片經常失焦，人物場景在光影中糊成一片；他的鏡頭總是從一個奇特的角度伸進去，讓構圖顯得破碎、畸零。巴黎、維也納或威尼斯的廣場、咖啡館，在他的照片裡美麗卻模糊難辨，可以是世界的任何一個角落，也可以哪裡都不是。

這樣的照片在老一輩攝影人眼中是不及格的。「這是沒有歷史的照片。」一位資深的攝影記者告訴我。他為傳統媒體工作了幾十年，從他累積了半世紀的專業來看，張耀的咖啡館照片模糊碎化了時間地點，無法為當時當地留下時間的紀錄、歷史的見證，「喜歡這種照片的讀者是沒有歷史感的讀者。」

我聽了有些心驚。我們是沒有歷史感的一代？

「我的照片不是用來記錄，而是表達個人情緒。」張耀懶懶地說，想必對外界的批評了然於心。他說自己按快門經常不看鏡頭，「感覺來了喀擦便是一張。」他也不關心任何攝影技巧或理論，「只要相信自己對世界有看法，就可以拍出好照片。」

上海的華燈初上，張耀的臉映在逐漸變暗的玻璃窗上，像是遙遠時空的投影。眼前的辦公室太過簡潔乾淨，像剛打掃過的旅館房間，幾乎找不到房客留下的痕跡。助理形容張耀「在任何地方都保持過客的身分。」張耀補充：「對我來說，住在上海，和住在羅馬、巴黎都是一樣的。」

張耀念大學時離開上海赴歐留學，從那時起他努力學德、法語，把腦袋丟進另一個世界。「返鄉」後他仍習慣用外國語言思考，「我對巴黎的認識比對上海深，在巴黎，我只要看一個人的臉，就知道他在想什麼。」但不管是巴黎或上海，張耀說自己永遠只是「精神短暫地停留在那裡」，對每個城市「永遠有想離開的感覺」。

從張耀的窗口望出去，我感覺整個上海飄浮了起來。是這樣的飄浮感，讓張耀的鏡頭迷惑了這一代的眼睛？

又過了好幾年，我在韓良露臺北永康街開的咖啡館「旅人茶房」中，再一次遇到張耀。

韓良露和張耀年紀相仿、經歷類似。她也是繞了世界一圈後，返回故鄉臺北定居。她笑聲爽朗地聊起臺北的咖啡館，告訴我們，從「旅人茶房」走出去，她所居住的康青龍一帶，周圍數數有二十間咖啡館，每一間都有自己的特色。

「年輕時我很嚮往巴黎聖日爾曼區、紐約布魯克林那種文化小市民的生活，醒來就可以在熟悉的咖啡館裡泡著。我以為要待在那裡，才能過那種生活。但我現在一覺醒來，發現布魯克林怎麼就在我家門前。」

韓良露說完伸了個懶腰，倒在沙發上。從流浪於世界各地的咖啡館，到在自己的家鄉家門口旁開了一間咖啡館，韓良露臉上沉澱著安定的幸福。

這時候的上海，應該也有自己的咖啡館了吧？我看著張耀，等他說他的故事。

張耀保持一貫的優雅冷靜，用淡漠的語調說起他的觀察。「臺北可以出現這麼多咖啡館，因為人們對政治大局無能為力，只能縮到自己的小天地裡，但把自己的小東西做得很精細很美。臺灣的咖啡館像世外桃源、大都會裡的小自我；而上海的咖啡館還只是談生意的地方」。

「但歐洲咖啡館不一樣，有一種精神文明在裡頭。」

創造「我不在咖啡館，就在往咖啡館的路上」這句名言的維也納作家彼得·艾騰貝格，每天一醒來，就到維也納的中央咖啡館報到。在這裡，他從早餐吃到晚餐、消夜，喝咖啡、看報紙、聊天、創作、打盹。他一整天泡在咖啡館，連過世都在中央咖啡館。艾騰貝格是把咖啡館當作「家」一樣看待，最終他獲得「咖啡館作家」的稱號，中央咖啡館把彼得的雕像和他最愛的桌椅放在門口。

張耀在歐洲求學時，覺得歐洲社會的門檻很高，外來人要融入很困難。咖啡館是唯一沒有門檻、不需要名片的地方，「不管階級、來歷，你看報紙聽旁人聊天，覺得誰講的意見不順耳，隨時可插兩句沒關係。」

於是張耀坐了下來，寫起了歐洲咖啡館。「我喜歡那種精神態度，一種游離的、若即若散的關係。」他說，這種咖啡館上海沒有，臺北也沒有，跟咖啡好不好喝沒有任何關係，「這是歐洲的精神產物，我會在上海的咖啡館喝咖啡，但他們不是我的精神歸屬。」

說到這裡大家安靜了下來。我意識到，上海和臺北從來沒有出現張耀書裡那樣的咖啡館。沒有一座咖啡館足以安定我們的靈魂，我們來到咖啡館只是想逃離什麼，想生活在他方。

在那樣溫暖又私密的氣氛中，張耀卸下心防，說起自己的童年。他小學時當紅衛兵，做「反權威的小主人」；中學組成馬列小組，成天不上課貼大字報。鄧小平上台後，張耀「整個理想主義崩潰」，徹底和自己決裂。他選擇到歐洲念大學，自我放逐十幾年。

這就是張耀為什麼成為張耀。

空氣中張揚的咖啡香氣漸漸淡了下來，緩慢成為留在心中的餘味。我突然明白，張耀那一代必須逃離的逃離，和我們這一代幻想逃離的逃離，是兩種截然不同的逃離。張耀被迫和自己決裂、和歷史與記憶斷裂，是無家可歸的逃離；而我們帶著對生活在他方的美麗幻想，選擇的是隨時可以回家的逃離。

對逃離有著如此不同詮釋的兩代，在張耀的咖啡館裡相遇了。

那次聚會後數年，韓良露離開人間，我們縱聲談笑的「旅人茶房」也關了。

臉書、ＩＧ的社群時代到來了。臺北的咖啡館愈開愈多，但咖啡杯前人人帶著電腦、滑著手機。你我雖然坐在同一個咖啡館中，精神上卻遁入另一個空間；我們在咖啡館，其實不在咖啡館。

我認識的一位咖啡館老闆，曾深深堅持店裡不裝網路，希望咖啡館裡的人可以面對面交談，而不是對著電腦或手機微笑。數年後他宣布放棄，在咖啡館裡裝上最高速的免費網路。

我總是帶著電腦和手機滑進咖啡館，裡頭經常高朋滿座，卻常是寂靜無聲。咖啡館在臺灣熱鬧了這麼久，但若要細數像艾騰貝格那樣把咖啡館當作「家」的「咖啡館作家」，這麼多年來，我想到的還是只有張耀。

我很想知道，像張耀那樣走出去的一代，如今在故鄉的角落，找到屬於自己的咖啡館了嗎？

而我也終於明白，那一座窗外有著全世界的海的咖啡館，永遠只能佇立在張耀的書中。

天鵝公主的白馬王子

我在倫敦諾丁丘敲開張戎的大門，眼前一亮。應門的張戎五官深邃精緻，身穿繡花白色連身洋裝，腳著東方民俗風鞋，一頭濃黑的長髮披到腰間。書評形容這位寫出《鴻：三代中國女人的故事》的中國女作家，說起故事媲美《天方夜譚》中用故事改變命運的波斯公主。張戎的確讓我想起美麗神祕的東方公主。

早在第一次見面之前，我便聽過張戎的傳說。以《鴻》紅遍世界之後，張戎花了十幾年的光陰書寫新書，早早便在大英博物館訂好場地發表，向媒體和賓客寄上帖子。發表會當天優雅的女主人來了，新書卻無影無蹤。

「能在大英博物館開新書發表會，華裔作家只有她做得到。」一位賓客向我敘述當天情景。那天，潮水般的賓客如約而至，於典雅輝煌的歷史建築中舉杯慶賀。派對結束，女主人從容送客，賓主盡歡。一直到結束，沒人提起應該現身的這本書，一場成功的、沒有新書的新書派對。

這個在臺灣出版界宛如神話的故事，隱喻了張戎在英國文壇的地位。她的自傳《鴻：三代中國女人的故事》翻譯了三十種語言，全球賣破一千三百萬本，創下英國非小說類書籍的銷售紀錄。大英博物館也買她的帳，出借場地讓她發表新書。

除了沒穿旗袍，張戎給我的第一印象，完全符合我的想像。

在中國還未崛起的那個時代，在歐美出書的華裔女作家，往往符合幾個公式。首先，她們總是擁有美麗臉龐和瀑布般的黑髮，總是身穿旗袍搖曳生姿。這樣的畫面往往出現在新書的封面：美女作家身著鮮豔旗袍，一旁黑色長髮披瀉而下，眼神魅惑而神祕。

在倫敦念後殖民課程時，一位英國男同學問我：你知道在英國，以東方女性為主角的小說，往往出現在哪裡嗎？我搖頭。他說：「機場書店。」

他這麼解釋，許多動身前往東方旅行的男性讀者，在機場往往買了這樣一本小說。小說裡的東方女主角多半身兼美麗、溫柔與堅強等特質，同時也必須擁有一位扮演白馬王子的西方男主角。

我曾在倫敦機場買到這樣的書籍。一位來自中國的女作家，在英國出版了一本號稱改編自真人真事的小說。小說描述一位出身文學世家的英倫才子遠赴中國，和一名大學教授的妻子發生刻骨銘心的婚外情。小說封面的女主角，一頭烏黑秀髮配上一身鮮豔旗袍，旗袍上五彩繽紛的花朵怒放，身後還有兩把張開了繽紛傘面的油紙傘……。如果仔細研究，如此型態的油紙傘根本不會出現在彼時彼地的中國，顯然是誤植了越南或泰國等地的東方印象。

這類機場小說，總是用神祕筆調描述東方生活，女主角總是美麗堅強卻飽受苦難，一直到得到西方白馬王子的救贖，才獲得幸福。這樣的異國小說滿足即將登機的讀者，他們在長途飛機中打開這一本書，期待遠方一場美麗的豔遇。

《鴻》擁有所有暢銷元素：神祕的東方生活、美麗卻受苦的中國女主角，來到西方重獲新生。《鴻》的英文書名是「野天鵝（wild swans）」，正是美麗受苦女子的隱喻。張戎身邊也有一名西方白馬王子——協助她完成所有著作的英籍歷史學者喬．哈利戴，如今是他的先生。

張戎的家位在諾丁丘，一個因為好萊塢電影「新娘百分百」風靡世界的高級住宅區，每逢假日遊客如織。影迷來到這裡，追逐大明星茱莉亞羅勃茲愛上小書店老闆休葛蘭的足跡，想像一下夢幻到不可能發生的浪漫戀情。這裡的房子一棟棟洋溢粉嫩色彩，搭配鮮花盛開的花園，居民彷彿住在童話裡。張戎花園裡種滿日本楓、牡丹花、大芭蕉、夜來香、玫瑰……我們在客廳聊天時，隔著玻璃窗便可看到滿園色彩搖曳，聞到幽幽花香。

客廳牆上掛著張戎母親的畫像。她就像《鴻》書封上的照片，一雙眼睛盛滿了故事。這位《鴻》第二代女主角，一手將女兒推向寫作之路。

「我原來對政治不感興趣，覺得煩透了。剛到英國連報紙都不想看，只想 enjoy life」。張戎說，一九八八年母親來探望她，張戎到學校上課，母親就在家裡對著錄音機講家族的故事，留下六十小時的錄音帶，「她想倒出滿肚子的話，也想要我寫作。」

母親的故事震撼了張戎。她以兩年時間寫成英文版的《鴻》，弟弟張樸接手中文翻譯，一本書把一家人連起來。

書評家形容寫《鴻》的張戎就像《天方夜譚》裡的波斯公主，所述說的故事一個接一個蕩氣迴腸、人物豐富多彩，讓人闔不上書。然而倫敦華人圈盛傳，《鴻》的漂亮英文並非張戎所寫，而是她身邊的英國男友代筆。告訴我這個八卦的朋友語氣充滿羨慕，認為張戎實在運氣好，如果沒有這位英國男友，「野天鵝」怎能展翅飛翔。

張戎不諱言自己經歷文革後才進入大學，二十一歲始學英文。《鴻》扣人心弦的優美英文，一部分確實來自英國學者喬。張戎和喬因製作電視節目而認識。張戎寫《鴻》時兩人尚未結婚，喬協助她以英文寫作《鴻》。喬就像張戎優美的譯筆，將東方故事變成令西方讀者廢寢忘食的傳奇。

這時喬剛好走進客廳，向我打聲招呼，接著走回自己的書房。他是典型的英國紳士，舉止優雅有禮，妻子受訪時不插嘴不搶鋒頭，默默扮演稱職的配角。

身為超級暢銷作家，張戎沒有趁勝追擊。《鴻》之後，她足足十多年沒有新作問世。只憑處女作便大紅的作家，往往必須面對這樣的挑戰：寫完你的人生之後，下一部呢？

張戎的答案是《毛澤東：不為人知的故事》，一本介於歷史與小說之間的作品；她不再書寫自己，而是追索一個全世界都想解謎的人物。寫《鴻》只花了兩年心力，張戎寫《毛澤東》卻耗費了十二年心力。

張戎父母都是共產黨員，父親卻因上書毛澤東，文革時慘遭批鬥，死前對自己一生的信仰打上問號。就在寫《鴻》的尾巴時，張戎已下決心寫毛澤東，研究這個影響她家族與整個中國命運的人。

《鴻》的暢銷讓張戎無經濟上的後顧之憂，花十幾年只寫一本書。帶著《鴻》到世界各地打書時，張戎趁機採訪曾接觸毛澤東的各國政要官員，從他們口中拼湊毛澤東的面貌。她從書櫃中翻出一本照相簿告訴我，這是她和這些歷史見證人的合照。馬可仕夫人伊美黛告訴她江青如何想跟她比美，「我沒想到自己可以跟歷史靠得這麼近。」

寫《鴻》的時候，喬像張戎手上的譯筆；《毛澤東》則是兩人全方位的合作。張戎負責中文資料，喬負責俄文及其他語文史料。

「我們兩人運氣特別好。」張戎說，她在毛統治的中國下成長，喬則嫻熟影響中國共產主義的俄國。《毛澤東》一書最珍貴的資料來自俄羅斯各地檔案館，喬精通俄文，對日本政治史、韓戰也有研究，這些恰好是毛澤東思想背景的解謎之鑰。而張戎出身中共高幹家庭，有充分人脈可供掌握運用。兩人以大量檔案為基礎，探問受訪者細節，再像拼圖般一塊塊拼貼出不為人知的毛澤東。兩人聯手挖掘出來的史料，常讓張戎自己驚訝不已。

喬的書房在一樓，張戎的書房則在二樓。兩人平時各自在書房裡工作，中午才在飯桌上交換意見與辯論。張戎說兩人時有爭論，但總能找到共識，交換過程往往湧現更多令人意想不到的新發現。

「我們就像福爾摩斯與華生，聯手解開毛澤東的歷史謎題。」喬這時走了進來，在我的鏡頭留下夫妻倆相視一笑的畫面。

我看著這張照片。照片中沒有小鳥依人的公主，也沒有英雄救美的白馬王子。關於東方公主和西方白馬王子的眾多故事，張戎和喬，是我看到的最完美的結局。

麥當勞中的暗黑女王

人生的正職是什麼？湊佳苗毫不思索便回答：「家庭主婦」。推理作家，只是她的兼職。十年內寫了二十部推理小說，逾半改編成電視電影，湊佳苗是繼宮部美幸之後，日本當代最炙手可熱的推理女作家。她被稱為「暗黑系小說女王」，作品充滿陰暗色彩，眾多角色外表平靜，內心卻藏著陰暗深邃的世界。

採訪前，我想像「暗黑女王」應當擁有銳利雙眼、陰沉面孔，居住於混亂的大都市邊緣，謀殺案觸手可及。或者，她有著黑色的童年記憶或成長經歷，因此能寫出《告白》這樣深沉憂鬱的作品。

但湊佳苗一出場便顛覆我所有預設。這位「暗黑女王」長髮披肩、說話輕柔、笑容燦爛，全身散發早年日劇女主角的柔美氣息。

她不住在東京或大阪。暗黑女王的家位於淡路島鄉間，得從大阪搭渡輪一小時才能悠悠抵達。她也沒什麼社會經驗，女子大學畢業後，短暫於高中任教數年便嫁做人婦。

三十二歲那一年，湊佳苗憑《告白》成為暢銷作家，稿約接踵而至，最高紀錄得在同一時間應付三本雜誌的連載。然而，十多年來，她始終如一地過著家庭主婦的生活。

對著我，湊佳苗開始細數每天的生活作息：早上六點起床準備早餐，完成接送小孩、採買、下廚等家務，深夜十一點回到書桌上，筆耕至凌晨四點。小睡兩小時，又要起床準備早餐，上午八點再回到床上補眠三小時。比上班族還規律的作息。

一天只有五小時創作時間、五小時睡眠時間。但湊佳苗堅持每天寫六千字，一年完成兩部以上長篇小說，產量不輸全職作家。

「我什麼地方都可以寫。」她說，等洗衣機運轉、等咖哩飯煮好時……她可以把洗衣機和流理台當書桌，振筆疾書。某次湊佳苗陪女兒玩環球影城，排雲霄飛車要三小時，眼見截稿在即，她把包包當書桌趕稿，排隊的三小時她一點也沒浪費，足足寫了一萬兩千字。

作家趕稿，嘴裡叼的不是菸就是酒。但湊佳苗身為主婦，連趕稿祕訣都很養生：「嚼口香糖」。她說，根據科學研究，嚼口香糖讓面部肌肉運動，也刺激腦子運轉。她每次嚼口香糖，總能得到源源不絕的靈感。

一次趕三個連載時，湊佳苗會選三種不同口味的口香糖，代表三部不同的小說。「只要一嚐到那種口味的口香糖，我就會自動切換頻道到這種口香糖代表的那部小說。」她笑得像個孩子。

什麼樣的人有能耐當一流小說家？累積多年採訪經驗，我逐漸摸索出一套準則。一流小說家要嘛人生閱歷豐富，光是曾經歷的事便是取之不絕的題材；要嘛有著黑暗的童年生活或成長經驗，心底有個龐大黑洞，需要靠寫作填滿與療癒。生活平凡或幸福的人，無法觸及深沉的痛苦，寫不出一流的小說。

人生是公平的。

到目前為止，湊佳苗是我遇到的唯一例外：生活平凡幸福，卻有源源不絕的寫作題材。這點燃了我解謎的好奇，想知道在這張溫柔的面孔之下，隱藏著什麼寫作的祕密。

寫謀殺案的靈感哪裡來？是親自踏入社會隱密的黑暗角落？閱讀報紙社會版？研究心理犯罪學？到警察局調閱犯罪檔案？我連珠炮追問湊佳苗，像警察追問疑犯行蹤。

她的答案再度讓我想翻桌：「我習慣在麥當勞、超市觀察人群、尋找靈感，那裡是上演人生戲劇的精彩舞台。」

麥當勞、超市這些再普通不過的場所，竟然是暗黑女王靈感的來源，尋找獵物的場所。我望著湊佳苗，感覺自己像偵探，想窺伺她深黑長髮底下隱藏的祕密。

湊佳苗說，她從小喜歡一人安靜幻想。當了作家，她習慣躲在麥當勞、超市的角落靜靜觀察，找到有興趣的人物，把他抓入小說。

麥當勞處處都是舞台。從ＯＬ、學生到街友，各種階層的人來到麥當勞，脫去他們在正式場合的偽裝。而只要點一杯飲料，任何人都擁有坐進這座人生劇場的權利，看見人們的真實人生。

湊佳苗舉例，在麥當勞遇見一名學生，她會仔細觀察聆聽，研究他的服裝舉止，想像他的人生、思索他的立場，猜想他面對什麼樣的事件，會說出什麼樣的話。湊佳苗的作品經常出現大量獨白，讓不同角色訴說對同一事件的經歷與感受，拼圖般拼湊事件的全貌。這些獨白便來自她在麥當勞這座人生劇場的觀察。

湊佳苗的日常，跟師奶沒什麼兩樣：購物、參加家長會、喝茶聊八卦……最常參加的聚會是主婦的午餐聚會。她說因此了解日本真實的家庭生活、真實的人物，小說中的人物絕非憑空捏造。

沒想過當專業作家嗎？

「只關心創作很危險。」湊佳苗說，她一點都不羨慕那些只需要專注創作的作家，「對我來說，身兼家庭主婦與作家是理想的狀態」。身邊「讀書的人很少」，反而刺激她思考「往哪個方向寫，才會吸引他們買書」。

光是憑藉短短數年的職場經驗，湊佳苗便足以寫出震撼日本的《告白》。書中女老師的角色來自湊佳苗擔任高中老師的經驗。她用冷靜卻犀利的視角，逼讀者直視比成人世界還要殘酷的校園霸凌。湊佳苗寫《告白》時將個人情感徹底投入小說中的女老師，「寫到流鼻血」，放下筆還無法抽離，「她可能是會跟著我一輩子的角色。」

《告白》短暫引起日本關注校園霸凌。湊佳苗感嘆，熱潮過後，日本人面對霸凌仍是「習慣蓋上漂亮的布」。她因此持續寫作，一次次「把這塊布掀起來」。

「住在安靜的鄉下，反而讓我專心創作。」在她眼中，平凡的人、安靜的生活，反而隱藏靜靜的殺機。

眼看氣氛開始凝重，湊佳苗突然轉換頻道。她說，筆下充滿黑暗人物，先生總擔心讀者認為「湊佳苗的老公是壞人」。因此，她要大聲替他澄清，「我真的不是拿他當書中主角」。

看著眼前縱聲大笑的暗黑女王。我想起寫了《偉大城市的誕生與衰亡》的珍．雅各（Jane Jacobs），這位紐約家庭主婦打敗眾多高學歷頭銜顯赫的學者，寫出迄今影響最深遠的城市規劃專書。還有諾貝爾文學獎得主艾莉絲．孟若，一生只有兩種頭銜——主婦和作家，將表面平凡的生活凝聚成一篇篇精簡凝鍊的短篇小說。

千萬不要小看家庭主婦、千萬不要輕視被簡化為只有柴米油鹽的師奶生活。主婦們踏實生活，從生活中汲取的智慧與營養、黑暗與光明，足以成為女王。

也許是鬼故事

「上次新書發表會時，我沒告訴你，當時五、六個靈魂，站在你們身後呢。」作家S這樣告訴我，我立刻覺得一陣陰風吹過，寒毛直豎。S笑了，眼光望向遠處，彷彿看見了，我所沒能看見的什麼。

若真的有靈界，以作家的敏感、敏銳與創作所需要的神祕體驗，應該是除了靈媒之外，最能跟靈界搭上線的職業。作家許多靈感上身的經驗，向旁人敘述時，都跟鬼上身差不多。數不清有多少小說家，告訴我最好的創作時刻，是筆下主角突然自己活了起來，藉小說家的手搬演劇情。

追思朱西甯的座談會中，小說家舞鶴自認深受朱先生的啟發。話鋒一轉，他說，某一天完成得意文字後，突然感應朱西甯來了，站在身邊告訴他「你寫得真好」。

司馬中原主持的靈異談話節目，是我們這一代的童年陰影。他本人身型瘦小、眼睛精光閃亮，就像從鄉野奇譚中走出的鬼靈精怪。他曾面對面對我說起童年遇狐仙的經驗，說到被狐仙挖眼這一段，突然手指往自己眼睛一指、翻個白眼。我差點失聲尖叫，彷彿被他抓進另一個世界。

某次，我跟一位剛出版鬼故事小說的新銳作家G，一起擔任某文學獎的初審。我們一起坐在一間陰森的老房子看稿，那時我剛讀完G以靈異經驗為主題創作的短篇小說集，擊節讚嘆，告訴G，這是我這幾年看過最好的小說。

G轉過頭來告訴我：「這些都是真實故事，不是我的創作。」

G後來當了導演，還把小說集中的某篇故事拍成電影。我坐在電影院看完這部似真似幻的電影，想到G說過的話，不禁寒毛直豎。

一位曾以後現代小說震撼文壇的作家H，跟我分享新作的創作心得。說著說著，他突然轉了一個語調：「我的腦海裡，一直有一個聲音告訴我，我的天命是寫一本解開天機的天書。」此後，H果然停筆小說，寫起了他的天書。

而在這些跟我分享神祕經驗的作家之中，S是最神祕的一位。

S是早年知名的女權運動者，但我第一次見到她，卻是在她的減肥書發表會上。S挽著兒子，裹著一身閃亮的銀袍現身。在眾人的驚嘆聲中，她解下袍子，以一襲泳裝展露三圍，接著如選美皇后般繞場一圈，讓媒體見證她的瘦身奇蹟。

S原本擁有圓滿家庭，婚變後成為婦運健將。她說，肥胖是她先生外遇的理由。當年她找到第三者，一看到其清瘦窈窕模樣，氣勢立刻消了一大半。離婚前她奇蹟似地恢復婚前身材，「擁有此生中從未有過的自信」，簽字時看著大腹便便的前夫，她徹悟：「他值得我這樣折磨自己？」

我聽了暗自驚心，這是一場用體重數字完成的婚姻。

減肥書中，S詳細記錄婚變前後的三圍數字。這些數字幫這位婦運健將找到婚變答案，重新找回自信。離婚後，S展開長達三十年的減肥史，嘗試各種減肥方法，「我的減肥史比婚變史還精彩。」

「切記每當妳腰圍增一吋，體重重一公斤，愛情便遠離你一公尺」、「維持曼妙的身材是婚姻守則第一條！」記者會上，S呼口號似地誦讀這些信條，彷彿回到社會運動街頭抗爭的第一線。

這場比八點檔、綜藝節目還狗血的新書發表會，讓當時還是菜鳥記者的我深受震撼。沒想到還不到一年，S又開了一場新書發表會。這次，她從兩性作家、養生作家，搖身一變成靈學作家。

S向我們訴說這段讓她人生迅速轉彎的靈異之旅。繼父過世前，告訴S他看到了鬼，這鬼還是他的舊情人——一位出身上海長三堂子的軍閥之妾。S為此找上通靈人解惑，通靈人一眼便道出這段理該只有當事人知道的陳年舊事。這段奇遇敲開了S的好奇，她開始四處找人算命、看神與聽鬼。

在我耳中聽來陳腔濫調的鄉野奇譚，S說來真摯無比。「我以前也是不迷信的鐵齒，如果你遇到了，你便會相信。」她的眼光飄向遠方，彷彿那裡有我們看不見的東西。

靈異故事接著迅速轉調成為心理勵志故事。生父在S童年時拋家棄子，造成母親精神崩潰，和繼父的關係也不好累積成S童年的心理陰影。在她到處找人算命的過程中，一位先知告訴她，這是上輩子種下的因果，這輩子躲不掉，S的婚變也是。她恍然大悟，多年的怨恨和心結終於解開。

S訴說這些事時，眼中閃耀興奮光芒。社會運動和減肥，都不能徹底打開糾纏她一生的心結。但在這些凡人看不見的事物之中，她卻找到了想要的答案。

此後十年，S徹底成為靈學作家，出版好幾本討論前世今生、命理的書，一直到她離開人間。

據說，在人生最後階段，S找到一位跟她同樣深信前世因果的年輕男子，兩人在寧靜的鄉下合蓋一棟房子，互相陪伴。相較於前半生的驚濤駭浪，S過得平靜快樂。

談到S，許多婦運人士嘆息。從婦運健將、減肥作家到靈學專家，S天翻地覆的轉變，對她們來說是無法解釋的神祕經驗。婦解、女權、追尋自我……這些獨立思想還不如一個老掉牙的鬼故事，可以讓一位婦運健將撥開人生迷霧、解開心中的結，從此活得心滿意足。

終其一生，人們總是在尋找一個和自己和解的方式。它可能是社會運動、可能是寫作、也可能是體重計前的數字，或者是只有自己看得見的神祕事物。不管是什麼、不管別人是否相信或認同，只要你找到了，人生可以因此圓滿。

經過這麼多年，我始終不知道S望向遠方的眼光中，到底看到了什麼。但我經常想起她在記者會說的最後一句話：「能做個凡夫俗女，可是天下第一等幸福的人。」

大師大師

從北京首都機場到市區，車子在高速公路上飛馳，路旁高樓相似到面目難辨，一個模子打造出來的豪宅。突然，一座奇形怪狀的高樓升起，奇特外型談不上美感，也跟周圍鄰居沒半點關聯，海市蜃樓般漂浮著，彷彿隨時都會消失。

同車的北京朋友告訴我，這種被戲稱為「傻大高」的建築，在習近平還沒嚴打前衛建築之前，可是豪宅中的豪宅。臺灣豪宅多半低調，從外觀看不出任何突出之處，將自己隱於平凡之中。但在北京，豪宅必須標新立異，用奇特突兀的造型告訴人們：我是獨一無二。

我看著隱身在霧霾中的傻大高，想起多年前在北京的奇遇。

那是舉辦奧運前後，北京暴富起來的時刻。一座座造型前衛的高樓在街頭拔地而起，逼得一條條百年歷史的老胡同掛上「拆」字，就像電視劇裡插著「斬」字牌走向刑場的犯人。整座城市都在張狂作態，空氣中充滿浮躁的分子。

這座天外飛碟般的豪宅，是當時中國屬一屬二的房地產商，請來美國建築大師設計，還找來當時北京最著名的藝術大師當顧問。此一豪宅的發表會廣發英雄帖，連遠在臺灣的我都受到邀請。

就在這場發布會上，我初次遇見北京人口中的這位大師。他是當時北京藝術圈最炙手可熱的大師，橫跨建築、設計、繪畫、裝置藝術各領域，媒體上鋪天蓋地都是他的報導，各類型座談、演講、開幕典禮……都能見到他的名字。

他是突然火起來的大師，只知道他在國外待了好長的一段時間。至於為什麼會火？是憑哪件建築、設計作品或畫作走紅？我問過許多大陸藝術圈朋友，沒人答得出來。

我遞上名片想專訪他，他爽快答應了。我們約在大師工作室採訪，地點是北京當時最酷的藝術村。

隔天我準時抵達。等了快一小時，大師的助手才姍姍出現。

「這些都是大師的作品啊，千載難逢。」助手沒提大師行蹤，卻開始指點我欣賞工作室的陳設。在他的引領下，我驚奇地發現，這批被我誤當成跳蚤市場買來的二手家具，原來是大師嘔心瀝血的曠世傑作；那些砍掉椅腳的太師椅、線條歪扭的明式家具，並不是即將扔掉的廢棄家具，而是象徵大師對中國五千年傳統與封建制度的反叛、顛覆與挑戰。我們這些凡夫俗子，竟然無法一眼看出大師的才氣與勇氣，真是失敬。

助手接著介紹一系列即將賣給豪宅主人的攝影作品。照片中，大師分別在天安門、長城、故宮等各種政治象徵前比起中指，「前衛啊，誰敢拍這樣大膽的作品。」我心裡嘀咕，這種半世紀前被各國憤青玩殘的攝影手法，不早就成為「懷舊」攝影？

這時一名長髮女子緩緩走出，穿著顏色張揚的旗袍。助理介紹，這是大師的妻子，在文壇也是一名大師。他說了個我沒聽過的名字，我愣了一下，來不及掩飾自己的無知，也說不出「久仰久仰」這樣的違心之論。

助手嘆息走了進去，我繼續枯等。

再等一個小時，大師終於出現，說要邀我共進晚餐，地點是大師親手設計的餐廳。「這是北京時尚圈最有名的餐廳，來的都是名人。」助手得意洋洋地告訴我。

週末最熱門的晚餐時段，這間北京最時尚的餐廳，卻只有我們和另一桌客人。一入座，客人紛紛過來跟我們敬酒。助手一一介紹，這是北京最有名的歌手、最有名的鼓手、最有名的……每個「名人」我都沒聽過。

氣氛有點凝結。陪同赴宴的北京朋友替我解釋，她從臺灣來的，對北京的藝文圈不熟。但大師執拗了起來，對著滿餐廳的「名人」唱名，堅持要在我口中聽到「久仰」這兩個字。最後一位我終於點頭，「他參加的那個樂團的主唱，是不是跟當紅明星W鬧過緋聞？」

大師臉色鐵青，突然說起跟臺灣人有關的歧視性笑話。我客氣地告訴他，歡迎到臺灣走走，看看真正的臺灣人。他瞬間拍桌暴怒：「我認識的人之中，就屬臺灣人最沒見過世面。」

「該走了。」朋友一把拉住準備反唇相識的我，告辭離去。車裡他告訴我，和大師唇槍舌劍的我，沒察覺周圍的緊張氣氛已飽漲到危險的程度，再不把我拉走，恐怕我們都會陷入不可知的險境。我還來不及向大師提問，就結束了這一場漫長的採訪。

返臺後，我把這段經歷告訴建築師C，他說自己也有類似經驗。C曾跟著一群建築師拜訪這位大師，一行人浩浩蕩蕩來到大師的工作室門外，只見翠綠草坪上躺著一位民工，大師拿著工具在他身上刺青，表情神聖嚴肅彷彿救世主。這場「行為藝術」持續兩小時，大師全程不發一語，訪客就在震撼的靜默中結束這場探訪。

「這算藝術嗎？」我問，耳邊彷彿聽到這位民工的哀叫。

「這是一種表演、一種儀式，一種讓你以為他是大師的表演和儀式。」C回答。「有些事情不必真的發生，只要周圍的人深信它發生了，就是發生了。」藝術就是這樣的東西，所謂的美感啊品味啊，就像空氣，沒有什麼數據可以評估衡量。只要有人說了，有人信了；有人出價，有人買單，價格就這樣產生了。

在這個時代，價格就是價值。

幾年後我又到了北京。那時大師早已離開北京，習近平一聲令下，要求「不要搞奇奇怪怪的建築」後，「傻大高」建築也絕了跡。我在三里屯的酒吧裡，和一群朋友把酒言歡，大夥談起奧運前後熱火朝天的北京，恍如隔世。

我說起遇到大師的那段奇遇。

「這就是大師的身段與氣勢。」一位資深記者分析。

大師從什麼時候開始被叫大師的，沒人知道；所有人認識他的第一天、見到他的第一面之前，就已經知道他是大師。大師成為大師之前的歲月，幾乎隱而不見；凡人成名必須經過的奮鬥史，大師無需經歷。大師就像這座城市的前衛建築，橫空出世，沒有人可以質疑其地位。只要周圍的人都相信，大師的氣勢就會像氣球一樣愈吹愈大、愈升愈高。但如果有人當起〈國王的新衣〉裡的孩子，就像在飽漲的氣球上扎一個洞。而那時的我差點就成了那位誠實的孩子。

在遇見大師的那場豪宅發表會上，我問在場的北京記者，這座豪宅設計得如此奇特、價格如此高昂，賣得動嗎？「大師和價格就是豪宅的保證。」同業驚訝我還沒摸清這行的潛規則，「只要有大師掛名、只要價格夠高，豪宅肯定賣得好，高端消費者就吃這一套。」

至於這位大師，他又到了另一座城市，一座需要大師的城市。我經常在網路上讀到他的新聞，大師依然是大師。

傳奇人物（一）

酒吧的燈漸漸黯淡，最後的光籠罩在他的身上。他在燈下眉眼模糊，讓人幾乎忘了，他是一個傳奇人物，曾經是。

多年前，發生在遙遠國度的一場革命，讓他成為人們口中的傳奇人物。他短暫坐了牢，牢獄的黑暗把他的傳奇襯托得更加燙金閃亮，出獄後他被外國頂尖大學爭相錄取，拿到學位後來到這裡，這個對傳奇飢渴的島嶼。

環顧清冷的酒吧，他悠悠說起當年。年輕時候的他到酒吧，是人人圍繞的矚目焦點，大家都想知道他的傳奇，他一遍遍地說著，那一場因為沒有成功而成為傳奇的革命。

他像光一樣，聚攏了對八卦好奇的人，傳奇人物的宿命。

這麼多年過去了。他年輕的靈魂所代表的那場戰役，漸漸為人所遺忘。他從英雄變成了作家，輝煌的過去褪色成為懷舊文章。

中年的他站在酒吧裡，成為一個孤獨的星球。很久沒人聽他說那場傳奇了吧。

「以前我總覺得煩，害怕人們知道我、靠近我，只是為了這場革命。但是現在，發現靠近我的人根本沒聽過這場革命，我更害怕了。」

酒吧的音樂逐漸轉淡，原本亢奮滔滔說起舊事的他，突然轉了一個頻道。

下半夜的酒吧，其他記者都已離去，幾乎只剩我們兩人，彷彿夜空中兩顆最後離開的星星。空氣中瀰漫一種奇異的氛圍，讓人忍不住掏心掏肺。

夜半聞私語，月落如金盆。記者能聽到採訪對象「私語」的機會不多，職業的敏感讓我放下筆，靜靜凝視著他，鼓勵他說下去。

他說，參加這場傳奇性的革命，起初是好玩。年輕人聚在一起，總想找個刺激的活動玩玩。夥伴起鬨他上台當發言領袖，他也貪玩上了台。當時真沒想那麼多。

這跟傳奇的版本截然不同。傳奇中的他，十多歲便憂國憂民、飽讀詩書、充滿謀略，跟著眾多同志一同組織革命，向政府表達人民憤怒。差一點，就差那麼一點，他可能就是教室講台上高掛的照片。

出獄後他被送到國外，從此一直是一個人。他想家時可以打電話，但再也沒辦法回家。媽媽曾獲准到國外看他，但也就只有那麼一次。家人，從此成為電話那一頭的聲音。

他說他心裡清楚，他之所以可以上國外名校、受邀四處演講出書，都是因為這場革命。他到哪兒，人家記得的、問起的，都是這一場革命。他重複地說了千遍萬遍，就像一個不斷倒帶的錄音帶。

他這一輩子，就活成了這場革命中的這個傳奇角色。

「如果沒人要聽，我怎麼辦？」他有點顫抖。

「我到現在還常常做同一個夢。夢中我一直跑一直跑，因為後面有人追趕我。醒來後我還是一直跑，不知道誰在追趕我，但我就是停不下來。」

如果選擇讓你重來，你還會在那一天，站上那一個廣場嗎？

他沒有回答我。我猜想他的答案，不是傳奇的觀眾要的答案。

關於這些私語，當時的我沒有寫出來。那還是一個沒有太多網路新聞的時代，媒體不擅長扒糞，謹守隱惡揚善的正面價值。被我們梳理好推到版面上的英雄，總是光明燦爛、冠冕堂皇，沒有一絲絲的陰影。而他，應當也是因為知道這一點，這才放膽告訴我，這些不該屬於英雄的祕密。

多數的傳奇、多數的英雄，就是這樣被打造出來的。

所以，在我的報導中，我們的英雄，重新梳理好他的羽毛，用美麗的姿態，走上觀眾為他築好的舞台。雖然我不知道，我們的文字，對他們來說，是不是也是一把美麗的枷鎖？

傳奇人物（二）

最後一次見到傳奇人物時，他光頭、拄著拐杖，佇立在一群建築師與設計師之間。在這群穿著低調卻講究的前同行中，傳奇人物一身灰白宛如僧侶，眼波平靜如湖泊，偶爾閃出一絲詭譎光芒。

第一次見到他，我打開上海一座百年倉庫的大門，還沒見到本人，先見到媒體中的他。百年倉庫被他改造成最新最潮的設計工作室，門口邊的牆上、桌上，掛滿堆滿各種以他為主角的報導。記者筆下的他千篇一律，慧眼獨具發現了這批老倉庫，點石成金地擦亮了老上海的傳奇。報導中的他總穿著唐衫或中山裝負手微笑，不中不西的穿著未必是品味，卻讓人一眼記住。

這是屬於傳奇人物的儀式，訪客必得經過這個儀式。首先他們看到報導中被文字鑲成一則傳奇的他，接著走過長長的幽暗廊道，在盡頭明亮之處，看到了光芒耀眼的他。

傳奇人物必得如此登場。

傳奇人物的傳奇始於島國。他畢業於農專，到名校旁聽時受到建築大師的賞識收為關門弟子，不在乎他沒有執照，延攬他到事務所成為台柱。

島國那時剛從農村走向工商社會。他善於把大城市裡的不新不舊的建築打造成咖啡館，讓老舊破敗的牆面、結構裸露展示，像是把顧客藏在心裡的老東西拉出來，再掛上一張三〇年代明星的黑白照片、放上一首白光懶洋洋的歌。

那時「懷舊」還很新奇。大城市的速度太快、東西太新，人們需要一點老的、慢的故事陪伴。他設計的咖啡館彷彿隱藏很多故事，有種魔力把藏在人們心中的老故事挖掘出來，模糊的照片朦朧的歌，像夢境一樣撫慰跟現實太過摩肩接踵而疲憊的人們。

他就這樣成為傳奇人物。媒體爭相報導他的設計和他的故事。來自農專、沒有文憑的小子成了設計大師，多麼激勵人心的傳奇。

然後，他突然消失了，徹底從八卦、流言或傳奇中消失。

再一次出現，他依然腳踩鉛字，以傳奇人物之姿出現媒體報導中，只是把舞台換到了上海。

報導說，他「發現」了上海一批老倉庫。這些倉庫是一個世紀前，老上海傳奇人物杜月笙所遺留下來的，破舊灰敗了半世紀。他來到了上海，只用短短數月時間，將其中一座倉庫改造為工作室。就像他在島國設計的懷舊咖啡館，這座裸露前世、充滿故事的工作室，立刻吸引媒體大幅報導，同時帶領周圍一起被埋在塵埃多年的倉庫集體雞犬升天。不到一年時光，這一區搖身變為上海 Soho，吸引大批藝術家進駐。

又是一次傳奇人物式的出場，還加上了上一代傳奇人物的光芒。

「我一開始看中這裡的時候，根本不知道杜月笙呢，只是覺得這裡一定有故事。」對於自己點石成金、創造傳奇的能力，他相當得意。

上一個世紀的上海傳奇人物杜月笙，從街頭小混混變身呼風喚雨的大人物，和這位出身農專的大設計師，有著某種程度的相似。

彼時的上海和多年前的島國，也有著類似的背景。城市從破敗走向復甦，各個角落充滿了不可能的可能，等待有人輕輕一指，石頭變成黃金。

傳奇人物都有這樣的能力。他們有著與出身不相等的成就、名氣，像石頭長出的黃金。傳奇人物的故事總能激勵人心，讓平凡的小市民懷抱希望，相信他們也可以有這樣的能力，化腐朽為神奇。

他笑嘻嘻告訴我，不久前這裡起了一場大火，燒到隔壁就停了，媒體卻報導是他的房子著火了，「如果不是我的名氣，這場火根本不會登上報紙頭條。」

傳奇人物喜歡各種與之相關的傳言、流言，好的壞的。他們喜歡這樣的傳言，需要這樣的流言。

工人在我們身邊進進出出。他說，一位日本建築大師過陣子要帶學生來上海，這裡是他們的工作坊，「我幾年沒花錢裝修過工作室了，這次是為了客人才肯掏腰包。」

他的工作夥伴私下告訴我，幾年前，島國一個舞團來此作客。他花了大筆錢整修，把工作室弄得像一場華麗的夢境。舞團為之震撼，在兩岸文化圈四處宣傳。散盡千金，只為一夜繁華，公司卻好幾個月發不出薪水。

不只工作室，連「家」都是傳奇人物完美的設計作品。他的家位在黃浦江畔，也是一棟有故事的百年建築。透過窗戶，既可看到浦東的嶄新高樓大廈如東方明珠，又可看到外灘百年歷史的萬國博覽會建築，新舊上海一覽無遺。凡是進入傳奇人物家中採訪的報導，出來的照片總是同一個角度。他坐在自家屋頂上，黃浦江在他腳下，浪潮滔滔，襯得傳奇人物就像電影中的人物。

傳奇人物告訴我，在上海這樣一座城市，如果不能讓鏡頭對準，就不會有機會。因此，他每做一件事，就必須成為一個事件。

然而沒多久，傳奇人物再度消失，上海媒體說他看破紅塵出家去了。我撥通他的手機，他聽了哈哈大笑，說自己在江蘇一個小鎮修行，沒有出家。

就連消失也得戲劇性十足。

閃亮傳奇的背後，往往跟隨著陰影般的流言。在他消失之後，這些流言一一顯影。關於他的消失，流言是這麼說的。和在島國一樣，找他設計的案子都是咖啡館、酒吧，這些讓人作夢的地方。傳奇人物始終沒接到什麼大案子，排山倒海的報導，並沒有辦法幫他找到和名氣相當的高質量案子。經歷一次次的闊綽出手和入不敷出，他在百年倉庫中建立起的那座設計工作室，再一次傾倒於歷史的塵灰中。

他曾誇口拿到華人世界第一個聯合國大獎，為此煞有介事辦了一場頒獎典禮。「唉，這獎頒給一大群人，連掃地的阿姨都有。」一位建築師邊搖頭邊嘆氣地告訴我。

傳奇人物的傳奇經常充滿漏洞，但人們從不細究，因為傳奇人物的傳奇可以賦予人們夢想的能量。傳奇人物做了凡人不敢做的夢，光是這樣的能力就讓人心神激盪。傳奇人物，必須有這樣激動人心的力量。

傳奇人物和讀者之間，其實是一種供需關係——有人愛聽故事，有人善於製造故事。大都市需要傳奇，傳奇也滋養了大都市。哪一座大都市，沒有一兩則這樣金光閃亮、轉瞬即逝的傳奇呢。

最後一次見面，傳奇人物暫時返回島國，一身灰白表情淡定，眼睛閃爍著我熟悉的光芒。他說，得到一位已仙逝的大師的真傳，即將把大師的智慧之語出版成書，這將是人類智慧文明的結晶。

我想起第一次見面時，在上海那樣幽深的老倉庫裡，他半開玩笑半認真地告訴我：「我這一輩子最得意的設計作品，就是我的虛名。」

傳奇人物的傳奇，想必還要繼續。

輯三・文化的江湖

步登公寓作家

按下門鈴，對講機裡傳來的聲音磁性而神祕，主人彷彿住在另一個時空。確認身分後，鐵門瞬間彈開，年深月久的鏽蝕氣味迎面撲來，一道漫長陰暗的樓梯在我眼前展開。循著樓梯一步步往上，經過的家家戶戶雖然鐵門深鎖，卻能聽見門內夫妻拌嘴、孩子嬉鬧或聞到食物的香氣……足以喚醒童年與青春記憶的日常。最後我抵達目的地——作家的門前，彷彿剛走過一趟煙火蒸騰的人間。

因為寫專欄的需要，有好幾年的時間，我每周來到一位資深作家的家中，採訪他們的書房。那時我抵達的多半是四、五層的老公寓，沒有電梯。我總是暗暗擔心這些上了年紀、不良於行的作家會不會因此困居家中、遠離人世，那已是離臺灣文學黃金年代有點遙遠的年代了。

過了很久我才知道，這些我視為日常的尋常公寓，其實是臺北某時期的獨特建築。它們外表看似平凡缺乏個性，不易被記憶描述，內在其實暗自揉入時代氛圍和居民特色，在建築史上擁有自己獨一無二的名字與地位——步登公寓。

百年前的上海有所謂的「亭子間作家」，魯迅、沈從文、梁實秋都是其中代表。「亭子間」指的是上海石庫門房子中一個特定位置的房間，位於曬台下方、廚房上方。此一住房冬冷夏熱、不宜人居，因此不是當僕人房擺放雜物，就是廉價租給房客。「亭子間」是當時上海住房最窄小悶熱的房間，標誌大作家成名前的困窘歲月。

如果寫作的空間可以將作家分門別類，臺北也應當有一派作家，稱為「步登公寓作家」。

步登公寓是一九六〇到八〇年代最典型的臺北公寓，和上海的石庫門房子一樣，都是因應短時間大批移民湧入的建築類型。在戰火方歇的年代，大批落腳臺北的移民意識到臺灣將從異鄉變故鄉，政府推倒戰時敵人留下的日式住宅，緊急興建大量現代公寓。這段時間興建的公寓帶點急就章的克難成分，樓高僅四到五層、無電梯、步行可達，稱為「步登公寓」。

作家張曉風的家是典型的步登公寓。她住四樓，從三樓起一路蜿蜒到屋頂天台的樓梯，梯旁的牆上釘滿書架放滿書，密密麻麻近千本書聲勢浩大，張揚成張家的「門牌」。訪客還沒見到張曉風的人，倒先看到她的書。

到現在我還記得在這道書梯漫步前行的奇異感覺：一邊走過幽暗狹窄的樓梯，一邊研究即將拜訪的作家讀什麼樣的書。對一個視閱讀為生命的作家來說，在公共空間袒露書架，不等於袒露自己的內在？難道不怕丟失了重要的生命之書？

張曉風只是笑笑告訴我，鄰居看了她的「門牌」，都不敢找她打麻將，「因為怕輸（書）」。這些年來，一本書都沒丟過。

理直氣壯地占用公共空間，是步登公寓居民的一大特色。為了盡可能使用居住面積，步登公寓的公共空間面積往往縮到最小——頂樓天台加蓋違建，狹窄樓梯遭住戶占用、放上鞋櫃等原本應擺放於室內的私密家具，毫不羞怯地向陌生過客吐露屋內主人的祕密。

更令我驚奇的是，張曉風的書房竟然就在陽台上。她將陽台加上玻璃窗、地板鋪上紅磚，再放上桌椅就成為書房。除了偶爾開車上山頂寫稿，張曉風幾乎都窩在這裡看書寫稿。我問她嫌不嫌吵、擔不擔心被人一眼看光？她說早就習慣了。

不嫌陽台改建的書房窄小、缺乏隱私，張曉風反而得意這裡位置視野特別好，可以聽嗅到屋外各種聲音與氣息。

將陽台改成室內，也是步登公寓因應克難時代的特色。原本被西方世界設計用來欣賞腳下城市、跟鄰居與行人打招呼的室外陽台，因著安全和經濟的理由，被臺灣的住戶安上鐵窗，改造成半戶外半室內的空間；增加了坪數，卻也隔掉和鄰里城市直接互動的機會。步登公寓具體而微地迎合了那個時代移民聚散無常，不要感情牽扯的住屋需求。

這些加了鐵窗的陽台，是步登公寓居民的心靈空間。一位插畫家將鐵窗陽台改成畫室，家人沉睡的深夜，他坐在鐵窗內揮筆工作，月光淡淡灑下，將鐵窗化為紙上詩意的線條。多年後他以此為主題創作作品〈月光〉，贏得國際插畫大獎。

鐵窗裡的世界可以誕生這樣詩意浪漫的作品，步登公寓居民就是有這樣化克難為浪漫的神奇能力。

一旦卸除龐大的冷氣機體，拿下晾曬的衣服，仔細觀察這些被鐵窗囚禁的陽台，裡頭擱上書櫃、書桌、畫架、花盆和鳥籠……每個都是步登公寓居民具體而微的小宇宙。用鐵條割出的這一方小空間裡，居民怡然自得地過著小確幸的生活，寫作畫畫、蒔花養鳥。

彼時的臺北，相較於紐約等大城市犯罪率並不高，然則人們為什麼需要在陽台裝上鐵窗？為什麼如此缺乏安全感？

小說家李渝在《溫州街的故事》裡有個短篇，描述主角因白色恐怖遭到監視，每晚透過毛玻璃窺看窗外的情治人員。

我查了一下手邊的建築史料，毛玻璃和鐵窗一樣，都是步登公寓特有的元素。毛玻璃有另一個美麗詩意的名字「壓花玻璃」，師傅在玻璃上雕上美麗的花紋，當光線穿透時，形成比一般平光玻璃柔和模糊的光束，讓人霧裡看花，無法一眼看透，巧妙地融合美觀與隱蔽性。

讀到這裡我不禁懷疑，誕生於白色恐怖時代的步登公寓，難道也是白色恐怖的產物嗎？剛經歷翻天覆地的變化，好不容易在異鄉安頓下來的移民，用鐵窗和毛玻璃小心翼翼地把自己包裹起來，不被輕易地一眼看穿，卻又能觀察外界的動靜。他們在不明不暗處警戒著，在緊密與疏離、隔與不隔之間，尋找一種微妙的、不徹底的安全感。

分析步登公寓的格局，處處可見居民努力隔絕人世、獨善其身的心機。偏偏在這地狹人稠、僧多粥少的市中心，步登公寓裡的每戶人家像蜂窩緊緊挨著，又為了省錢偷工減料，隔間材料隔音效果極差。上下左右緊鄰的住戶，即使一整天見不到幾次面，也能聽見對方屋內動靜。

為了滿足現代人重視隱私的需要，如今新建的現代公寓隔間與隔音均佳，而愈是高度隔絕感的住宅，房價愈發昂貴。某次我到專門租給單身客的某間大型集合住宅訪友，憑感應卡搭電梯進入朋友所居住的樓層，從停車場到住家，整個過程竟然看不到其他房客；經過的每一戶人家皆緊閉房門，走道乾淨暢通，看不到房客的任何痕跡、也聽不到任何聲響。我彷佛進入一個乾淨荒涼的現代廢墟，在高科技重重的過濾屏障之下，整個宇宙彷彿只剩下我獨自一人。

一位住在此類住宅的作家告訴我，住在隔壁的老先生過世多日才被發現。這段時間他是他最親近的人，兩人只隔一面牆壁，但作家渾然不覺，照常熬夜寫稿。

這樣的孤絕令我毛骨悚然。

居住風格是否會影響一個人的寫作風格？曾有學者分析「亭子間作家」，認為居住於如此窄小又遭油煙染指的房間，筆下文章必然充滿火氣，比方魯迅。但寫作風格溫柔敦厚的沈從文，顯然不該歸於此類。梁實秋在一篇題為「亭子間生涯」的文章，形容住在亭子間「廚房裡殺雞，無論躲在哪一個角落，都聽見雞叫；廚房裡烹魚，可以嗅到魚腥」。身居斗室，身邊喧譁著世俗的煙火，是否讓這批「亭子間作家」，作品風格不論溫婉敦厚或火氣沖天，總是關心人間的日常。

我揣想，居住在步登公寓的作家，寫作風格和住在鄉間別墅、電梯華廈的作家會不同嗎？張曉風曾以「可叵」為筆名寫大量洞察世事的幽默散文，是這樣雞犬相聞的居住環境，讓她的筆尖多了人間的煙火味？

人們總說新世代作家往往偏重挖掘個人的內在，是「肚臍眼作家」；和關心社會、作品洋溢煙火氣的上一代作家風格迥異，兩個世代等於兩個世界。比較步登公寓和電梯華廈，我懷疑，兩代作家的根本差異，會不會是由居住環境造成？居住空間是不是神祕地改變了作家的寫作風格？

空間是否會影響作家的寫作風格，需要更精確的科學研究，但作家王文興曾告訴我，他對寫作空間的需求。

王文興寫作的地方不在書房，而是家裡走廊盡頭「兩個榻榻米的空間」。王文興說，他在這裡擺上桌椅、小電扇與檯燈，「什麼都是簡簡單單的」。然而這空間並不全然清靜，樓下是停車處，時有嗡嗡人聲；牆上有窗，但「都是毛玻璃看不清楚」，因為王文興寫作時「完全不需要視野」。

從王文興對「毛玻璃」的描述，我判斷他也是步登公寓居民。王文興形容這個以毛玻璃隔絕人間的寫作空間是「家裡一個偏遠、隔絕的空間」，有種「人世邊緣」的味道，看不清楚卻能聽到嗡嗡人生，與人世既緊密又疏離。而他必須給自己「規定這樣一個角落」，才能創造小說，因為「小說是在普通人間之外再創造一個人間，讀起來像真實的世界」。

步登公寓讓居民與城市、人群維持一種緊密又疏離的關係，在普通人間之外再創造一個人間。

作家齊邦媛位於麗水街的舊居也是步登公寓。這是鐵路局為員工搭蓋的宿舍，一九七〇年代，齊邦媛帶著三個兒子和先生一起搬進，四十年後，公寓裡只剩她一個人。

第一次拜訪齊老師時，我們一起坐在陽台上看著樓下的玉蘭花樹。夏日寂寂，玉蘭花瓣靜靜掉落地面，襯著水墨色調的老公寓，好一幅悠長的畫卷。齊老師幽幽說道，大部分鄰居因為各種理由離開，「這裡白天很美，晚上我卻不大敢待在家中，太靜了。」她記憶中的公寓是充滿各種聲響和氣味的。

那時中研院剛為她進行了兩年的口述歷史，累積成厚厚一大疊稿子。齊老師堅持自己一遍遍修改，刪掉枝節、抓出故事的主幹。她堅持要講個好故事，「我是平凡人，但我的故事也是這個時代的故事」。

這個故事就是《巨流河》。

步登公寓是臺北最平凡的建築，步登公寓裡的故事也是這個時代最好的故事。

齊老師搬離後，這棟公寓短暫成為某宗教團體的據點。數年前，負責人邀我和一位建築師去看這間齊老師住了四十年的舊宅，評估是否能整修一個紀念性空間。建築師和我一起緩步踱上樓，興奮大叫。他說這是臺北最具代表性的步登公寓，近年來正因都更大量消失中。

「光是步登公寓這一點，這間公寓就可以當成紀念建築了。」

我腦中頓時湧現那些一步步走進步登公寓的日子；那些坐在陽台寫作、用毛玻璃和鐵窗觀察人間的作家，在窄小充滿聲響的空間中揮著筆，在普通人間之外再創造一個人間。

這麼快，那一個年代就要成為歷史了。

故居故居，誰的故居？

作家鍾肇政住了十二年的舊宿舍，重新修復後打造成「鍾肇政文學生活園區」。完工後，鍾老坐著輪椅重返舊地，看到現場目瞪口呆：「這是我住過的宿舍？」

打從文創代替文化成為顯學，名人故居／舊居身價水漲船高。原本等著怪手剷平的老屋、廢墟，只要有名人住過，立刻有望翻身，以懷舊思古為名，重生成為文創餐廳、文創咖啡館。

經過這些名人故居時，我常想，老房子的主人若有機會重回人間，看到這些被後人「修復」的故居，會有什麼樣的反應？

臺北青康龍街區林立多棟荒廢多年的日式房子。百年前，第一代屋主從故鄉來到異鄉，在此地打造家園，再隨著戰敗黯然離去。一九四九年前後，傅斯年、梁實秋、臺靜農、殷海光等眾多民國文人乘著命運的波濤來臺，在這批戰敗者留下的老屋中安身立命。經歷戰爭與離亂、經歷一代代來自不同族群卻同樣有著漂泊靈魂的主人，這批老房子如今靜默於時代的縫隙之中，如一本本闔起來的書。

我總是在夜晚漫步於此。當夜色洗去歷史的塵灰與歲月的破敗，老房子半掩的門、亮著月光的屋瓦、流動繁複香氣卻無法辨認種類的野花閒草、盤根錯節到讓人忘了年歲的高聳老樹……在我面前靜靜吐露神祕的訊息。這是有故事的房子。

原來姹紫嫣紅開遍，似這般都付與斷井頹垣。白先勇用短篇小說集《臺北人》，悠悠唱起老房子從姹紫嫣紅到斷井殘垣的蒼涼崑曲調。而我們這一輩，見證的卻是老房子從斷井殘垣到姹紫嫣紅的奇妙旅程。

二〇一一年，此地一座近乎廢墟的老房子被文創魔棒一點，成了花草扶疏、流水潺潺的老宅餐館。餐館官網標註此處是「臺灣第一個科學界名人的故居」，邀食客「走進臺北最美的一條街，一棟充滿故事的老房子」。

老房子不只需要美麗，更需要故事。

文宣裡的「科學界名人」是地質學者馬廷英。他生於遼寧，對日抗戰勝利後來臺任教，向日本教授足立仁買下這座典雅氣派的宅邸，一直住到一九七九年離世。馬廷英第二任妻子辭世後，這座房子荒廢了十多年。

作家亮軒是馬廷英的兒子。一直到老宅整修完成，亮軒才重新踏進他十八歲前居住的老家。「他們說這是老房子，但其實什麼都消失了，我記憶中的一切統統不見了。」亮軒的反應和鍾肇政相同。

以「馬廷英故居」為號召，老宅餐館提供色彩和味道精心設計的餐點，屋內總是食客滿座、愉快交談。當年飄洋過海來到小島安居的這一家，也是這樣過著溫馨恬靜的小日子吧。

亮軒卻推翻了人們的美好想像。他說父母早早離婚，父親終日埋首學問，他的童年記憶中，沒有一家溫馨共食的美好畫面。

老宅餐廳的招牌美食是水餃，因為這是馬廷英最愛的食物，一頓可以吃上幾十個。亮軒卻說，父親鍾愛水餃，不是因為美味，而是因為餃子一下肚，便可以一整天不用擔心餓肚子，把所有時間用在學問上。

在名人故居裡，舊日時光往往以比過去更濃烈的色彩、更戲劇性的情節展現。老房子成為一個舞台，展示劇本重新寫過的短篇故事。

這座對著訪客高唱「我的家庭真可愛」的老宅，在見證者的記憶中其實是「無處可逃的囚室」。亮軒回憶，父親在家時總是埋首研究、廢寢忘食，而只要父親一離家，亮軒便從房裡被拖出痛打，施暴者是姑父和姑母。

亮軒姑父是留法碩士，應馬廷英之邀來臺任職某研究所，研究所沒開成，失業的他帶一家五口住進馬家。亮軒長大後理解這是「那個時代知識分子的悲劇」，原該是社會菁英的姑父寄人籬下、投閒置散，無法抒發的抑鬱讓他成了施暴者。

十八歲那年，父親誤會亮軒阻止他再婚，父子發生嚴重衝突。亮軒僱了一輛三輪車，帶著從小用到大的檜木書櫥離家出走。多年來，亮軒就連經過老家也會刻意讓路避開；直到餐廳開幕，他才重新踏進老家。

老宅餐館重新打開了亮軒的記憶。他每天早上準時七點「返家」，趁遊客未至、屋內空無一人，亮軒坐進父親的書房寫作，用文字點亮記憶中的黑暗之地……在清晨的微光之中，許多逝去的人事物慢慢浮現。以見證者的角度，亮軒重新書寫老房子的故事。他運用舞台劇結構，一個篇章描述老家一個空間，人物遊走其中，緩緩揭開藏於色彩明亮的童話小屋之中，馬家的黑暗祕密。

餐廳初開幕時，亮軒理所當然受邀擔任老宅的導覽員，為遊客介紹他的「家」。然而隨亮軒出書，他受邀當導覽員的次數愈來愈少。

老房子都是有故事的。但是，誰來說故事？誰來決定故事的版本？人們希望聽到的老房子故事，往往是修復過的記憶，因無從驗證而美麗的想像。這些故事是平庸生活的童話版本，塗抹上傳奇的閃亮色彩，滿足人們對美好生活或英雄美人的嚮往。為了滿足觀眾聽一個好故事的欲望，老房子被重整、美化，甚至重新創造。

但見證者也可能說謊。一位研究口述歷史的學者提醒我，關於口述歷史和回憶錄的種種危險——經過歲月的沉積與錯置，記憶與想像往往混雜不清。而人們習慣在回憶中改寫錯誤、填補遺憾和缺陷，創造對自己有利的敘述。經過歲月波濤的重複撞擊，虛構和真實的界線逐漸模糊、消失，成為信以為真的記憶。

名人故居的弔詭之處在於，它讓人錯覺眼前這一切，就是千真萬確的歷史。

「回家」後，亮軒把離家時帶走的書櫥送回老宅。這是第一代主人足立教授的遺物，半世紀後物歸原處，也是這座老房子精緻優雅的擺設之中，唯一一件真正的舊物。雖然它躋身於這些精美的懷舊器物擺設中，顯得如此格格不入，一如亮軒不合時宜的記憶。

這座書櫥的主人才是老宅的創建者，然而他的故事無人訴說。我們眼前所見的所謂的歷史，其實都是選擇性的記憶和失憶。

撫摸書櫥，亮軒輕輕嘆息：「老房子的故事說不清也說不完……唯有一件事可以確定——我們都是過客。」

此後十年，那些曾被我在夜色中想像了無數次的老房子，一個接一個被文創魔棒點亮，在這個渴求故事的時代迅速重生。它們曾有那麼長的時間被遺忘，又在這麼短的時間內，被這個集體失憶的世代所需要與想望，創造新的故事與記憶。

老房子之外，一棟棟新房子拔地而起、傲然挺立。當新房子挾著龐大的都更利益兵臨城下，「故事」是老房子唯一的勝算。老房子必須憑藉故事贏得文資身分，才不會在這個喜新厭舊的時代裡灰飛煙滅。這些故事必須是精彩的、好聽的、政治正確的。

作家齊邦媛父親和馬廷英是世交。一九四五年，齊老師隻身赴臺到臺大外文系任教時，曾短暫在馬家落腳。

婚後，齊老師隨著於臺鐵任職的丈夫，先搬到臺中，再搬回臺北，住到離馬家不遠的麗水街，住進臺鐵為員工搭蓋的公寓宿舍之中。這間宿舍她一住半世紀，直到搬進長庚養生村。

這間宿舍一直是安靜無聲的。即使齊老師以自傳《巨流河》震動華人世界，連房地產都出現以「巨流河」為名的廣告，也沒人想起這間宿舍在華文文學史的地位。直到二〇一五年，傳言臺鐵將拆除麗水街的臺鐵宿舍，改為都更興建大樓。作家鄭清文和李喬等人發起連署，呼籲政府保留齊老師的臺鐵舊居，將之定為歷史建築或設紀念館。

連署還在網路上發酵，齊老師卻於報紙頭版刊登聲明，斬釘截鐵地否決了這個提議。她透過聲明表示，丈夫任職臺鐵時居住過的宿舍，早於民國九十七年親自送還臺鐵；該處既未保留任何文物，也早已跟她沒有任何關聯，她從未主張保存舊居或作為紀念館。齊老師說，這只是一間擁有四十年歷史的鋼筋水泥建築，室內空間只有四十坪，不適合當公眾活動的空間。

在這一股老房子風潮中，齊老師是第一位站出來，反對將舊居變紀念館的作家。一如拒絕導演吳宇森把《巨流河》中她和張大飛的感情拍成愛情電影，再一次，齊老師拒絕把歷史變成傳奇。

齊老師搬走後，一個宗教團體向臺鐵承租此地經營文創餐廳。當時《巨流河》已震動華人社會，此一文創餐廳打起「齊邦媛舊居」的名號，大作文創行銷。租約快到期前，他們擔心臺鐵收回此地，再次把腦筋動到「名人故居」頭上。

我和一名建築師應邀去參觀這間文創餐廳。齊老師當年住的公寓被改造成練功房，屋裡空空蕩蕩，牆上掛滿大片明晃晃的鏡子。我站在屋裡，擔心齊老師看到老家變成這幅模樣，會是什麼感想？雖然建築師告訴我，房子的格局還在，要「修復」不難。

場景也許可以修復，然而回憶與感情，豈是輕易可修復？

齊老師拒絕提報歷史建築的提議後，這棟老房子終於被「保留」了下來。宗教團體和文創餐廳都搬走了，公寓恢復傾頹與破敗，等待下一個輪迴。

這一晚，我靜靜漫步於此，隔著鐵絲網靜靜凝視，沐浴在銀白月光下的這一棟老房子。

第一次拜訪齊老師，便是在這條小巷。那時這裡是麗水街最美的一段，近乎封閉的小巷人車絕跡，卻有玉蘭花瓣掉落滿地，鋪成悠長的畫卷。齊老師告訴我，過去林文月住在不遠的宿舍，兩人加上林海音、殷張蘭熙，四個女作家每週約在和平東路上的法哥里昂咖啡館喝下午茶，一起編書、看稿、喝咖啡談心，一聊就是幾十年。

我凝視這座月光下的廢墟，想起學者李乾朗告訴我，古蹟不必為了符合「古蹟再利用」的世俗標準，修復得輝煌美麗，好引來遊客如織。古蹟只需提供駐足憑弔的空間，召喚一段時空，讓現代人和過去展開對話。

然而，島上的文化容不下廢墟。經過這麼多戰爭與離亂的民族，依然無法忍受殘破與毀壞，不懂得欣賞歷史真實的模樣。

文創餐廳的負責人告訴我，曾看到齊老師搭車來到餐廳門口，靜靜凝望她住了半世紀的家。她熱心邀請：「要進去看看嗎？」齊老師搖搖頭，走了。「為什麼她不進去看看呢，這是她住了這麼久的家啊。」她不理解。

我注視廢墟中的玉蘭花樹——廢墟中唯一一件保留原貌的事物，彷彿看見純白無瑕的花瓣，在溫柔如水的月光中，輕輕向我飄落。

這樣就夠了。關於歷史，關於記憶，我們只需要靜靜地駐足，靜靜地凝望，靜靜地想像。

溫州街的故事

大學時代我常和朋友約在臺北公館巷內一間咖啡館。咖啡館的名字來自當紅的村上春樹小說，風格卻跟當時流行的精緻浪漫風截然不同——裝潢簡約到有點簡陋，卻非常重視咖啡品質。店主堅持不用咖啡粉，每當店裡的電動磨豆機轟轟地響，常讓我想起看牙醫的恐怖經歷。

這人是阿寬。他的咖啡店搬了好幾次，最後搬到溫州街上。當我再次踏進他的咖啡館，聽到熟悉的磨豆機聲音時，「挪威的森林」已然名氣響叮噹，儼然是臺北的文青地標。

為什麼叫「挪威的森林」？阿寬說，因為這個時代文藝青年們最瘋迷的作家是村上春樹，最紅的書叫《挪威的森林》，如果再早個幾十年開，咖啡館的名字可能就是《未央歌》了。他說得搞笑，但其實朋友對他都有期待。村上春樹當作家前也開了好多年的咖啡館，阿寬以後是不是也能寫本小說呢。

那是剛剛跨越了千禧年的新世紀。網路已經崛起，紙本依然昂揚；喝咖啡形成風尚，但便利商店還沒加入現煮咖啡的行列。溫州街上聚滿了書店、咖啡館，以及文青。那時的「文青」還是個新鮮光亮的名詞，不像現在帶著自嘲或貶意。

小說家李渝有部短篇小說集叫《溫州街的故事》。她筆下的溫州街是白牆青瓦的日式宿舍，屋裡住著失意的將軍、沒落的貴族與南渡的文人；屋外則有身分可疑的便衣警察巡守，街上閃著幽幽森冷的光芒。

那是上一代的溫州街。二十一世紀的溫州街，將軍和貴族都離去了，新一代的文人剛剛冒出。這一代的溫州街沒有宵禁門禁、沒有四處窺探的便衣警察；無所事事的文青在街上晃蕩，街角的咖啡館溢滿喧鬧笑語。

阿寬還是我剛認識的模樣，對待客人就像對待咖啡品質一樣挑剔。在那時代如雨後春筍的文青咖啡館中，「挪威的森林」以「趕客人」聞名，不對味的客人，會被阿寬以「我店裡沒有你要的咖啡」為由送出門。阿寬對我說，他理想的咖啡館，應當有自己的規矩，吸引同一風格的客人，就像法國的左岸咖啡館。

阿寬不喜歡部落客帶著電腦上門。他批評這批新興的咖啡館族群「帶自己的電腦寫稿、聽自己的 ipod、躲在自己的世界裡，不跟我互動，跟我的咖啡館沒有一點交流。」但他們其實就像是村上春樹小說裡的主角，在擁擠的咖啡館裡也顯得疏離、孤獨。

阿寬喜歡客人熱烈交談。他理想中的咖啡館活在海明威所寫的巴黎回憶錄《流動的饗宴》之中，作家S就是他喜歡的客人類型。

S在文青界擁有獨特的江湖地位。他沒出過幾本書，也非手握權力的編輯。但每當他走進「挪威的森林」，就像一陣風捲起人們的注意；一坐定，肯定會有人來到桌邊向他致意。再早個幾十年，像S這樣的地位應當在家中開沙龍，成為像林海音或林徽因那樣的主人。但這個時代的江湖在咖啡館，作家就像海明威，坐在咖啡館裡就是城市的風景。

S白天在「挪威的森林」歇腳，晚上轉移陣地到小酒館 Lane 86，兩個地方都在溫州街上，只差幾個門牌號。「挪威的森林」有鮮明的文青風，Lane 86 卻不挑客人，吸引的人五湖四海。在這裡你只要拿著一杯酒靜靜聆聽，身邊男女聊天的話題就是一則短篇小說。

Lane 86 門口經常躺著一隻長毛犬 Kevin。Kevin 是流浪犬，平常四處晃蕩，需要歇腿時就會回到 Lane 86。Kevin 和人類的關係很奇妙，牠從不乞食、也從不搖尾乞憐。我好幾次目睹 Lane 86 店員以懇求的語氣請 Kevin 吃飯，而牠只是把頭撇向一旁，不大搭理。Kevin 經常神祕消失，不知到哪裡廝混，但最後一定會回到 Lane 86，和小酒館維持一種親密又疏淡的關係。

經過 Lane 86 時我總會跟 Kevin 打招呼，但牠總是把頭轉開，彷彿當我是陌生人。直到某次我被一隻狗狂追，經過 Lane 86 門口時，Kevin 突然站了起來，吠走那隻體型比牠更龐大的惡犬，接著若無其事回到門口趴下。

經過這次事件我終於懂了 Kevin，牠和朋友之間那樣疏淡又親密的關係。從此我走在溫州街上，就有一種踏實的安心感。

從羅斯福路繞進溫州街，經過 Lane 86、挪威的森林，再走幾步就會經過「明目書社」。這裡也是S會停下來的角落。明目書社平常人不多，週四下午卻聚滿了人。

每週四上午，書社主人賴顯邦把裝滿新書的車子從臺中開來，展開一個被稱為「開箱大典」的儀式。這一天，許多平常不知道在哪裡晃蕩的文人，不約而同齊在明目書社出現。他們或蹲在地上挑書，或靠在椅上和老闆喝茶閒嗑牙，一聊便聊到華燈初上。這一天彷彿是溫州街的特殊節日。

S寫了許多旅行散文，卻還沒好好出過一本書。我想引薦一位編輯替他出書，S聽了不置可否，要我約這位編輯一起到 Lane 86 碰面。

那一晚，S、我和編輯，三人在Lane 86一起徹夜閒聊；過了凌晨兩點，還沒聊到出書的事。「我們出去找點東西吃吧。」S提議。那時「深夜食堂」還沒出漫畫呢。沒多細想，我們跟著S走了出去。兩個女子跟著一名男子穿街走巷，試了各種深夜小吃、晨光早點，從深沉的黑夜走到天空翻出魚肚白，S終於點頭同意簽約出書。

那一次漫長的深夜慢行，我才發現臺北竟有這麼多深夜食堂，因為這個城市有這麼多深夜不眠的人。

S總是在行走。那次漫長的行走讓我明白，S喜歡泡酒館、咖啡館，其實是因為他總是在行走，漫長的行走必須停下來，找個角落停歇。S不喜歡人群，大部分的時間都是一人獨行。正因為一人長期踽踽獨行，他更需要一個有點擁擠的角落、一小群溫暖的人，在長路和長路之間，找到一點短暫的溫度。

那個時代聚在溫州街咖啡館、小酒館裡的人，許多都是像S這樣的族群。一旦離開溫暖的咖啡館、小酒館，他們立刻冷卻成一個個寂然自轉的星球，在自己的軌道孤獨行走。

這是彼時的臺北會有這麼多咖啡館的原因吧。

Kevin 突然消失了。聽 Lane 86 的客人轉述，牠髖關節出了問題，無法四處走跳，乖乖被帶回店主家中定居。某天 Kevin 想出門，店主帶牠到 Lane 86，牠躺上熟悉的角落，靜靜離開了。Kevin 的消失是一則預言。沒多久，Lane 86 便因房租暴漲，悄悄關門。

接著是「挪威的森林」。同年我最後一次見到阿寬，對他進行第一次也是最後一次的採訪。「我們的時代結束了。」阿寬表情淡然。這些年來他堅持不裝無線網路、不歡迎部落客上門，認命地走向關門的終點。

那幾年溫州街的咖啡館一間間裝起無線網路、WiFi、液晶螢幕。阿寬不能認同：「來咖啡館就應該好好品嚐一杯咖啡」。他憤憤地抗議，如今的咖啡館已經淪為沒有風格的咖啡館，任何人都可以進來上網、不跟咖啡館裡的人交流。

未來還想開咖啡館嗎？阿寬沒回答，只說打算學村上春樹當作家。當時他正為一本文學雜誌寫專欄。

「挪威的森林」消失了，某個部分卻留了下來。位在另一條街上的「海邊的卡夫卡」，經營者阿凱原本是「挪威的森林」的忠實顧客，嚮往阿寬開咖啡館的生活方式，說動阿寬出資跟他合開「海邊」，由他負責經營。

「海邊的卡夫卡」與「挪威的森林」系出同門，經營咖啡館的理念卻不盡相同。阿凱不僅架設無線上網，還在店裡裝設供小型演唱會使用的音響設備，每週舉辦小型演唱會，讓來咖啡館的客人不只是喝咖啡。阿凱說，他理想的咖啡館是「提供一個平台」，讓任何人都可以來寫作、閱讀、唱歌、聽歌……做任何他想做的事，交流或不交流。「這一代在咖啡館產生的火花也許和上一代不同，但這就是這一代的folk、這一代的文學。」

這一天傍晚，我從「海邊的卡夫卡」走出，走過一條大路、穿越一個小巷，以及無數的人群和燈火，走進溫州街。

S結婚了，在路上晃盪的時間少了、在酒館和咖啡館的時間也少了。明目書社自從老闆辭世後，一週一次的「開書大典」近乎停辦。在這個人人都有手機、隨時可登入臉書和ＩＧ的網路時代，在街上晃蕩的人少了，溫州街有點空蕩。

溫州街依然咖啡館林立。這個世代的咖啡館多半有著大片明亮的落地窗，從窗外望進去，咖啡館內的顧客一覽無遺。他們多半一人獨據一角，不大交談，總是專注地看著手機或電腦。我經常驚豔地發現，坐在咖啡館窗邊的人往往擁有高顏值和絕佳衣著品味，他們依然是城市的風景。

「挪威的森林」原址旁開了一間便利商店，店裡挪出一半的空間放置桌椅，供顧客歇腿喝杯咖啡。我認識的一位書店老闆，每次跟朋友見面都約在這裡；朋友想找他，也會先到便利商店看他在不在。

「整個城市，就是我的咖啡館。」當便利商店出現這段廣告詞，琅琅上口的程度不輸給百年前的「我不在咖啡館，就在往咖啡館的路上」，便利商店已經成為城市裡無所不在的咖啡館，二十四小時燈火輝煌。這個世代的漫遊者，隨時都可以找到便利商店歇腳。

這個世代的便利商店，也有著和咖啡館一樣明亮的落地窗、溫暖的椅子，人們在窗邊進食、喝咖啡和玩手機、打電腦。他們看起來靠得如此之近，猶如家人般同桌進食，只是不交談。

便利商店擁有一種奇異的特質，這是一個不需要社交禮儀的純粹空間。人們進入便利商店，自然而然地保持陌生人之間的適當距離、互不相擾，即使並肩靠在狹小緊密的空間中，也可以活在自己的小宇宙中，孤獨自轉。

我常想，下一個世代的作家，會不會誕生在便利商店裡？

每一個世代都會有他們的故事。屬於我們這一代的溫州街故事，也準備翻到下一個篇章了。

書店的美好年代

煙火在深黑的夜色中炸開，將白天如此平淡的城市變得燦麗輝煌。人群拍手歡呼，燦爛的幸福彷彿觸手可及，卻轉瞬消逝。跨年夜的煙火總是予人一種奇異的幸福感，即將展開的新的一年如此光彩燦爛，卻又如此虛幻易逝；那是揉雜著淡淡哀傷的幸福感，在惘惘的威脅之下更顯強烈的幸福感。

千禧年後的臺灣人，跨年夜總是在燦爛的一〇一燈火中度過——不管是看電視、手機，或是擠在人群之中。這是一種極其神祕的經驗，人們透過煙火，一個在視覺與聽覺上兼具壯觀與虛幻的儀式，集體跨過某個看不見的界線，抵達新的一年的彼岸。

而我第一次的一〇一煙火經驗，是在書店之中。

過完千禧年沒幾年，我在倫敦打開衛報，斗大標題讓我心頭一凜：「查令十字路書店寫下最後一頁。」報導的大意是，隨著連鎖咖啡館的攻城略地，屹立在書街查令十字路幾十年的書店，一間間熄了燈。

放下報紙我輕輕嘆息。不過是幾年前，電影「電子情書」還能將連鎖書店併吞獨立書店的商業戰，浪漫成湯姆漢克追求梅格萊恩的愛情故事；「新娘百分百」裡的諾丁丘獨立書店，也能創造大明星愛上書店老闆的當代童話。然而到了這臣屬於虛擬世界的新世紀，被連鎖咖啡館吃掉的連鎖書店、獨立書店，已然成為編不成好萊塢浪漫電影的殘酷現實。

帶著對逝去書店時代的感傷，我回到了臺灣；沒想到此時的小島，正迎向書店的燦爛盛世。

二十世紀的最後一年，臺灣第一家二十四小時書店誠品敦南店開張，出乎意外的成功，吹響書店的號角。隔年走在潮流尖端的購物商場京華城，開起誠品第二家二十四小時不打烊書店；來自新加坡的連鎖書店 Page one，也在當時的世界第一高樓臺北一〇一展開臺灣的第一頁。

而最振奮人心的是誠品信義店。二〇〇五年六月，誠品打敗強敵 SOGO，拿下信義計畫區統一國際大樓的經營權。誠品董事長吳清友躊躇滿志，宣布將在此地開設亞洲最大的書店。

誠品信義店擁有七千五百坪商場面積，其中二千五百坪販售書籍，藏書一百萬冊，預計一年吸引一千萬人次。吳清友形容它不僅是「百貨業的新模式」，更是「臺灣望向世界的一個文化窗口」。

這三間開在商場中的大型書店，以壯觀的坪數、夢幻的設計，顛覆一般人對傳統書店的想像，多次贏得國際設計大獎。京華城的雙環狀圓形書店一旦連上城市夜晚的星空點點，讀者彷彿置身神祕宇宙；而 Page one 的書架如壯闊的山巒起伏，還打造讓讀者窩在裡頭讀書的「樹洞」；誠品信義店則放上百張設計師陳瑞憲從巴黎跳蚤市場找來的骨董椅，鼓勵讀者坐在上頭尋夢、作夢。

那真是一個勇於做夢的美好時代。明明同一時間臺灣出版公會發表調查，臺灣出版產值較兩年前掉了兩百多億。人們卻相信，可以和百貨公司、商場完美結合的書店，正要迎向最美好的年代。這些如宮殿似聖堂又彷彿宇宙的夢幻書店，正是書店美好年代的見證。

倫敦閱讀氛圍堪稱世界第一，但倫敦最大的書店也不會超過一千坪。我問吳清友，七千五百坪的書店，在臺灣可以生存嗎？

「想像比知識重要。」吳清友沒有正面回答我，但堅定告訴我，誠品人都是勇於想像的人，而他心中的書店是「既能提供想像、又能滿足知識」的空間，這股想像的力量牽引他們完成美夢。吳清友為臺灣人打造的夢幻書店，有講座、市集、演唱會、音樂會、畫廊……集合生活中一切美好而理想的元素。

吳清友擁有激動人心的力量。誠品每隔幾年便會舉辦大型活動，吳清友總是站在台上，用簡潔感性的演講，勾勒書店的美好遠景，鼓勵台下的員工和讀者做夢、追夢。他經常穿著一身黑色衣服，梳著簡潔優雅的白髮，眼神堅定又溫暖，讓人想起布道的牧師。誠品蟬聯了好多年社會新鮮人最愛的夢幻職業，即使起薪遠不及台積電等科技產業。

吳清友心臟病辭世後我才知道，原來他很年輕便知道，自己身體內裝了一顆不定時炸彈；這些年來，他一直鼓起隨時可能爆光的生命能量，打造誠品足以照亮整個城市的燦爛夢想。

他的勇氣、想像力和創新，會不會來自於體內這顆炸彈？

飽滿的煙火炸開，在黑沉沉的天空噴出火樹銀花，城市在煙火的襯托下，顯得如此偉大輝煌。

二〇〇五年十二月三十一日晚上十一點半，亞洲最大的書店誠品信義店舉辦開幕派對，和隔鄰世界第一高樓臺北一〇一的煙火，一起迎向二〇〇六年。

那天晚上不到九點，七千五百坪的信義店裡滿滿都是人。這是新世紀臺北最盛大的一場藝文派對，我認識的臺北藝文界人士，都說要來參加這場世紀派對。

我和朋友相約共赴這場派對，說好到了書店便打手機聯絡。但我一到書店，便發現人太多網路塞爆，手機根本不通。那天夜裡，我狂打沒有反應的手機，努力在書店尋覓朋友的蹤跡，但多數時間只能被人群推擠著緩緩移動，哪裡都到不了。那些來自巴黎和世界各地的美麗椅子，此刻坐滿歇腿的人，書和書之間也擠滿了人。

事後那位徹夜失聯的朋友告訴我，她在一台緩緩上升的電梯看到我，而我正坐著一台緩緩下降的電梯。我們曾在同一個高度對上，她向我揮手、大聲呼喚，但我渾然未覺、一臉茫然，逐漸消失在她的視野中。

那天我在書店看到的人群多數是這樣的表情，不知道是過度興奮還是疲憊。那些從我面前喧譁流過的人潮，人人臉上掛著一抹茫然。嘉年華或演唱會那樣人山人海的超 high 氣氛，在象徵文明秩序的書店中，形成非常魔幻的畫面。

午夜十二點，窗外爆出煙火，書店裡的人潮也達到頂點。我寸步難移，只能擠在書堆之中、人群之中，想像窗外的燦爛。書店裡人聲喧譁，掩蓋了煙火的巨響。

那是我人生最魔幻的一刻，和一群陌生人擠在書與書之間，集體想像著煙火與即將到來的、充滿火光的新的一年，寫實又虛幻。

那一夜煙火燦爛，數萬人盤據在剛開幕的書店，想像窗外的煙火，未來在大家眼中閃耀燦爛的光芒。對於那個時代的我們，煙火和書，象徵生活中最燦爛美好的事物。

煙火散了，人們準備回家，又是一陣推擠混亂。我和一位朋友奇蹟般地遇上了，兩人一起在街上步行了幾小時，終於找到一輛計程車順利回家。

過了彷彿一世紀的一夜，手機通了，失聯的朋友聯絡上了，大家談起這一夜的經歷都感到新奇。一位朋友一路被推擠進了捷運，再從捷運口被推擠出來，他笑稱自己根本不需要移動雙腳，身上都是陌生人的汗水。有人把車子丟在停車場，獨自走了一夜的路回家。

「像不像一九四九大撤退？」一個朋友問，大家笑了。

「看到一〇一煙火了嗎？」眾人紛紛搖頭。我們被擠在人群之中寸步難移，雖然煙火離我們只有咫尺之遙。

飽滿的煙火在黑夜中炸開，城市在煙火的襯托下，偉大而輝煌。我們沒能親眼見證這一幕，卻透過電視、手機等各種螢幕，相信自己親身經歷了這樣輝煌的一刻。多年後回想這一幕，我的回憶動搖了，我是否曾在書店之中，親眼目睹窗外光彩流離的煙火呢？手機網路等虛擬世界的影像，已經自動幫我們填補創造了許多根本不曾存在的記憶。

在我對那一夜的記憶畫面之中，煙火逐漸模糊；逐漸清晰的是我和朋友走在城市空曠的街頭，那樣的清冷、那樣的茫然。

幾年後，京華城書店關了，Page one 收了。敵不過網路世界的威脅，實體書店的美好年代一去不復返。但誠品信義店還立在那裡，甚至接棒成為二十四小時不打烊書店，整個城市暗下去、沉下去的時候書店亮著，那一點火光濃縮了那個時代所有美好的燦爛的想像。

現在想起來，那是一個浮躁的年代，好像有什麼要發生，但其實什麼也沒發生，就像看了一場轉瞬即逝的煙火。

那是一個人人愛看煙火的年代，世界第一高樓剛蓋好，隨之而來的一〇一跨年煙火吸引了CNN等國際媒體的注意，「砰」一聲點燃臺灣人的自信。大國崛起後，基於小島的邊緣感與不安全感，島民熱衷於最大與最多，用數字虛張聲勢。煙火成為一種儀式，我們透過世界第一高樓、規模最大與數量最多的煙火，相信自己站在世界的頂端、螢幕的中央，整個島國就沉浸在煙火般飽滿的自信之中。

那也是一個充滿激情與想像的年代。我們擁有世界最高的樓、最大與最美的書店，相信自己擁有最美好的一切。

如今想起來，那一場華麗的煙火，我們其實什麼都沒見到，只是擠在人群中，一起度過了某個神祕的時刻。

很久以後我才明白，那個燦爛的、輝煌的對未來充滿想像與激情的美好年代，就在那個我們什麼都沒察覺到的時刻，靜靜消失了。

失去主人的書店

街角開了一間無人書店。三十坪的書店擺放了一萬本二手書，卻沒有店主。角落擱了個投幣箱讓顧客投下購書費用，各憑良心銀貨兩訖。

坐在這間有點空蕩的書店裡，我和朋友聊起AI時代的書店。少子化的時代、無人經濟的時代，臺灣有這麼多閒置空間，少了人力成本的無人書店，會不會是書店的未來呢？我們興致勃勃討論著。

朋友突然想起來，「你們知道嗎，明目書店好像準備收了。」明目就在這間無人書店的不遠處，大約五分鐘的步行路程。

我愣了一下，更正他：「明目是書社，不是書店。」

有好幾年的時間，我住在明目書社隔壁的樓上。每週四傍晚我回到家，總看到一群人聚在一樓加蓋的屋頂下，吃吃喝喝、高談闊論。加入他們後，我知道這一天被稱為「開書大典」。

明目書社老闆賴顯邦原本住臺北，把家搬到臺中後，他每週四上午固定開車把一箱箱新書送到臺北的明目。每到這一天，死忠讀者總是算好時間抵達，搶著打開書箱，巡完新書一輪後，大夥坐定，聊起這一週的八卦。往往聊到明月高懸、賴老闆依依不捨打道回府，眾人才一一散去，一週一次的「開書大典」方告完成。

「開書大典」的場地其實寒傖侷促，簡陋木桌加上椅子，幾個人就能把空間塞滿。而參加大典的人，品流複雜，有教授、作家、編輯、出版人，還有一兩位經常在電視政論節目出現的名嘴，偶爾夾雜幾個路人。講者和聽眾都是流動的，隨時加入、隨時離開，評一下時政、談一些文學、說一點歷史。

雖是書社社長，賴顯邦不大說話，他經常叼著一支菸斗，靜靜聆聽大夥談天說地。賴太太則提著大茶壺，為口沫橫飛的眾人加水添茶。明目的茶是用傳統炭爐烹煮的，當賴太太拿著報紙搧火，空氣中流動微微的炭香和薄薄的煙霧，我彷彿進入一個渺遠的時空，時間悠悠晃晃，下午變成一道靜靜流淌的河流，閃動迷離的微光。

如今想起來，每週四固定在明目書社舉辦的「開書大典」，可能是臺灣書店歷史最悠久的沙龍，橫跨近三十年的時光。客人從青年、中年準備邁向老年，每週四固定到明目書社報到……一個凝固了時光的沙龍。

我一直以為，這個沙龍不會散場。

在一個冬日的午後，賴顯邦向我說起他的故事。

賴顯邦年輕時夢想到印度念哲學。有人告訴他，北大有教授可以幫他寫推薦信到印度，他信以為真，拋下妻子，一人跑到北大哲學系旁聽修課。

一九九〇年代初期剛解嚴的臺灣，知識分子有著驚人的讀書好胃口。賴顯邦驚奇地發現，在大陸買本簡體字書，寄到臺灣便可以數倍價錢賣出；請北大的教授寫本書，在臺灣出版也能洛陽紙貴。為了貼補家用，他把書寄回臺北給太太賣；印度留學夢醒了，他返臺開起了簡體字書店。

原本要當學者，最後當起書店老闆，賴老闆並非特例。我認識另一位書店老闆，在德國留學了十幾年，返臺前買了一批骨董藝術書，開了一家西洋骨董書店。對那一代的知識分子來說，開書店和當學者、教授，都是傳遞知識的方式。

剛返臺時，賴顯邦和太太一起擺地攤，在臺大圍牆外擺售當時還未開放進口的簡體字書。

遇到警察掃蕩，他們也練就和小攤販一樣的功力，收起書拔腿就跑。為了紀念這一段「明目張膽」賣禁書的歲月，賴顯邦登記合法書店時，就把書店取為「明目」。

明目的第一代客人都是在街頭認識的。他們多是大學教授、研究生，時間一到站在街頭癡心等候；賴顯邦的車一停下，他們蜂擁而上，搬下紙箱、撕下膠帶，動手翻書、搶書，明目的「開箱大典」就從那時開始。

賴顯邦的北大老師是最後一代五四知識分子。他告訴我，那時的北大校園瀰漫溫柔敦厚的人文氣息，「學生喜歡搶禁書，這本書你先搶到了，一小時後再騎單車送給另一個人看。」如今他不需要跟警察你追我跑，也不需要跟誰搶書，卻深深懷念過去那個為書癡狂的年代。說起往日，賴顯邦的菸斗噴出若有似無的煙霧，我聽得入了迷。

「現在還有人搶書嗎？」我搖搖頭，他臉上浮出失望的表情。在資訊爆炸的網路時代，讀者委實難以想像曾經有過的這樣一個時代。

路邊擺攤賣書時，若是當週沒進新書，賴顯邦不忍客人失望，便把家中藏書拿出來擺。有一年連下幾個月的大雨，書攤擺不出來，客人發愁、賴顯邦心中也不好受，終於下定決心開書店。

「明目」於是從街頭轉進溫州街巷子。賴顯邦租下一個十幾坪的店面，本來不打算掛招牌，但隔壁水果攤老闆被問路問煩了，自作主張地做了一個，「有一天我來開店門，發現招牌自己就掛在那裡。」。

這個不請自來的招牌，一掛就是三十年。

明目舉行「開書大典」時，書統統裝進牛皮紙箱放在地上，宛如地攤貨任人蹲下低頭挑揀。等到書上了架，賴顯邦也不遵從時下書店的規則分類，各種類型主題的書擺在一起。在明目找一本書，運氣不好的話，你得從第一本書瀏覽到最後一本。

此時書店外的世界，是一個追求速度的世界。島內剛蓋了高鐵、雪隧，將原本要耗費好幾天的旅行，濃縮成一日生活圈。網路書店已成氣候，讀者上網打關鍵字，按下鈕便能找到你要的書，再按幾個鍵，二十四小時內新書宅配到府。

「老闆，你為什麼不把書分類，方便讀者快速找到書？」我為明目擔憂，為了找一本書要看完一家書店，不符合時代追求的效率。

「書怎麼可以分類？一本好書往往涉及不同領域的知識，如何分門別類？」賴顯邦反問，一邊吆喝大夥吃他從臺中帶上來的水果。

搬到臺中，賴顯邦才發現臺北蔬果的味道比中南部差了一大截。天龍國的食物多從批發市場而來，蔬果還沒成熟就從枝頭摘下，味道比起中南部的鮮蔬差了一截。於是他每週四送書到臺北時，便會順道帶上臺中鄰居家的蕃茄、花生，送給「可憐的臺北人」嚐嚐。

受到賴老闆的感召，每週四的開箱大典，總有人帶各地美食到來，和大家共桌分食。某次我收到朋友寄來的北海道魚乾，特意留待週四送到明目。賴老闆當場烤了起來，香味四溢。

賴顯邦不只不喜歡從批發市場轉來的蔬果，也反對把書店當成大賣場。他說，將書本分類擺放，是大賣場量化的商業做法，為的是方便顧客快速挑選，卻混淆了書店以書為主的本質。當一本書被獨斷地分成歷史書籍，它的哲學價值同時便也被剝奪了，就像失去某種味道的蔬果。

那是開始崇拜「最美的書店」的年代，書店外觀取代書籍成為書店的焦點與價值所在。賴顯邦卻告訴我：「書店的裝潢和新書的分類，都是擾亂書本價值的多餘障礙。販售知識最好的方式，是像擺地攤般讓讀者自由挑選。」

一位明目人在旁感慨，再早個二十年，武昌街明星咖啡館前的周夢蝶詩攤縱然簡陋，但光憑守著書攤的周夢蝶，便能成為「臺北十景」。

那也是書店折扣戰最猛烈的時候。業者奉行這行的潛規則：新書定價先拉高幾成，上架時再打個漂亮的七五折，算一算其實跟原價差不了多少。賴顯邦堅持不玩這虛張聲勢的折扣遊戲，「知識怎能打折？」

賴顯邦是我看過最崇敬書本的書店主人。雖然，比起那些外觀輝煌、內部燈光美氣氛佳的書店，明目看起來何其寒傖。

幾年前，賴老闆做健檢時發現肝癌，發現時已是末期。他離去後，開書大典幾近停辦，只有賴太太偶爾上臺北時才會舉行。

聽到明目可能打烊的消息，我到書社問消息。賴老闆的姪子告訴我，嬸嬸堅持叔叔的原則「不打折、不清倉拍賣」，這一屋的書如果沒找到新的主人，恐怕只能送去資源回收。離去時，我買了好幾本書。我知道，店裡的書皆是賴顯邦親手挑選，書頁彷彿還留著他的溫度，背負主人的期許，等待下一個主人。我不忍心看它們淪落到資源回收場。

天色漸暗，明目書社亮起稀微的燈光。在這樣色彩斑斕的都市叢林中，如此外表簡陋平凡的書店，很容易被匆促的行人錯過。它像一個黑白色的小炭爐，氤氳著一個時代的煙霧和微微的火光，一個不是太遙遠、卻已經被這個時代遺忘的時代。

深夜裡，多數商店打了烊，無人書店依然燈火燦爛，一本本書兀自亮著自己的光彩。是的，這是一個不再需要書店主人的時代，但是，讀者不會感到寂寞嗎？

在記憶深處的街角，我看見一間小小的簡陋的溫暖的書店，以書為約，四方好友在此相聚、歡聲笑語。叼著菸斗的主人坐在一旁微笑傾聽，一手挽住了時光。這是時光的沙龍、時光的書店。

那些重出江湖的作家們

名嘴W在電視螢幕裡高談闊論。十年前，他的身分是社會記者，更久遠之前，他是小說家。

作家總是被問到：你為什麼寫？卻很少有機會回答：你為什麼不寫了？被問到為何而寫？通常是作家寫出曠世巨作；反之，被問到為何不寫？應當是停筆之時。然而，退出江湖的作家，除非是拿封筆當宣傳，誰願意坦承自己的江郎才盡？

只有重出江湖的作家，才會被問到當初為何停筆，也才會願意認真回答。

採訪W時，他剛從報社退休。五十五歲的他出了一本小說，離他的第一本小說，足足隔了三十年。

談起寫小說的年少歲月，W意氣風發。二十歲出頭，W便憑第一本小說成名。當完兵後踏進社會，W因文采獲邀進入報社。原以為要到副刊服務，沒想到卻是跑刑案的社會組。W接受了，因為他認為社會記者可以「快速揭開社會不為人知的一面」。果然，擁有一支好筆的他跑得風生水起。

「但就是太忙了，沒時間寫小說。」

寫作有千百種理由：談了一場戀愛，失了一場戀愛；不寫的理由卻是複雜又隱晦，少有人說得清楚。忙，是最普遍也最容易的答案。

「江子翠分屍案、李師科綁架案，我都是第一線的見證人。」說起這些轟動一時的刑案，W眼睛發光，「這些真實事件比小說精彩太多了，隨手一抓都是題材。」他得意：「哪個小說家能像我一樣，和血淋淋的人生和黑暗人心距離如此之近；又有哪個記者和我一樣，擁有小說家的筆。」滔滔不絕規劃人生的下半場，W深信自己可以寫出精采的犯罪小說。

我也期待著。

W重出江湖寫的第二部小說，卻沒當年成名的第一部小說轟動。當他忙於和匪徒和人心周旋時，文壇變了。如今是一個眾聲喧譁的時代，到處都是作家，到處有人出小說。

他的第三本小說無聲無息。

再次看見W，他出現在電視的談話節目上。當年他想用小說重建的社會案件，全成了談話節目生猛鮮活的題材。收視率飆高，W臉上掛著滿足的微笑。

好的社會記者，如何成為好的小說家？一次採訪結束，我問了小說家袁哲生這個問題。他回答：「社會新聞和小說之間，必須保持一個距離。」這是多麼寂寞的距離。

和W差不多時間出道的蔣曉雲，也是一位天才小說家。一踏入文壇，她便憑三篇小說勇奪三大文學獎，出道便光芒萬丈。蔣曉雲回憶，拿到文學獎後獲邀進總統府作客，一同出席的是大明星林鳳嬌。

一九七〇年代是天才小說家的盛世。大報只有兩三家，每天三大張十二塊版中，副刊便占了一整版，而影劇新聞只是小小一塊。那時有作品登上副刊的作家，比明星還閃亮。

數十年後蔣曉雲返臺發現，文學獎滿街都是，得獎和中學作文比賽引起的騷動差不多。閃亮登場後，蔣曉雲用文學獎獎金遠赴美國留學、進入職場，一路熬成排名美國一百強公司的亞洲女主管。她說，想靠自己的能力獨立生活。但當年的作家即使擁有讓現代作家欣羨的明星地位，也負擔不起一個女子的獨立生活。忙於工作、忙於養兒育女，她找不到寫作的衝動，自然而然停了筆。

寫作的衝動是什麼？十八歲就憑《停車暫借問》成名的鍾曉陽說，寫作是神祕的本能，無可捉摸。她十七歲隨母親回東北探親，只用十幾天時間完成《停車暫借問》第一部「妾住長城外」。一年後她赴美留學，一下飛機便躲進房裡四天，完成兩萬字的大結局「卻遺枕函淚」。

這隻快筆卻莫名奇妙鈍了。在澳洲寫《遺恨傳奇》的那四年，她感覺自己生了病，怎麼寫都「不舒服」，寫作的衝動像水龍頭，「滴滴滴滴……就靜下來了」。

鍾曉陽倒也瀟灑，「放下就放下了」。她堅信寫作必須「進入某種狀態」，如果進不去，乾脆撤守，一個字都不須留戀。此後，她既不發表作品，連文學作品都不大看，徹底離場。

三十歲之後，小說家王定國逐漸收筆。「因為長期以來所遭受的貧困還在發酵，慢慢變成了屈辱，讓我不敢安靜坐下來再寫一分鐘。」他說，決定停筆後，「就像和寫作這件事發生決裂，身體語言馬上通知了可憐的大腦，所有的靈感自然就把我唾棄了。」

在一間妓女戶的對面，王定國開了一間房地產公司。

王定國繼續寫字，只是從寫小說變成寫房地產廣告文案。比起稿費或文學獎獎金，廣告文案更是一字千金，每個字都必須挑起讀者的購買欲望，刺激幾百幾千萬臺幣的交易。小說家的文字從此淬鍊得精簡如詩。

三十年後，好友初安民到王定國家中作客，晚餐結束後閒步走到書房，看著架上的書，隨口一句：「你不再寫了吧。」這閒話一句卻擁有解咒魔力，寫作的衝動在王定國心中像突然甦醒的公主，把房地產商變回小說家。

蔣曉雲當了多年的上班族，某天發現心裡有「忍了三十年的話要說」。她決斷地辦退休、從美國返臺，買了一間房子當工作室，每天向書房報到，開始規律如上班族的寫作生涯。

張愛玲遺作《小團圓》三十年後出土，曾被視為「張愛玲傳人」的鍾曉陽受邀寫評論。那時鍾曉陽已擱筆十多年，被祖師奶奶的文字輕輕一觸，她莫名點燃心中的創作之火。

這些重出江湖的作家，在文學的黃金時代封了筆，卻在文學衰微的黑暗時代重新提筆。許多和蔣曉雲同輩的作家，出道時沒她那樣光芒萬丈，繼續寫下去成為明星作家。但當這些明星作家度過臺灣文壇的黃金時期，多數停了筆或寫得少，蔣曉雲卻重新回到跑道。讀者不多、掌聲不多，但蔣曉雲老老實實寫了下去，創作規律而固定，每兩三年出一本書。「我想，我會一直寫到生命盡頭。」這句話我聽過太多年輕作家說，但沒有一個人像蔣曉雲這樣，是用一生的力量說出。

王定國還是繼續從事房地產生意，但晚上十點一定回到書桌前拿起筆。「我只劃分白天和夜晚，白天我屬於別人，夜晚誰都找不到我。你看過螢火蟲會飛到臺北東區嗎？」

從天才少女變成哀樂中年，鍾曉陽說，寫作對她來說像休耕太久的人拿起鋤頭，不但千斤重且缺乏信心，「唯一能做的只是一字一字寫去。」

創作的衝動是什麼？是天生的才氣，還是人生的經歷？在這些重出江湖的作家身上，我開始思索答案。

「我覺得好的小說家應能深切體會人類生命的困境，他不是為了說故事才來寫作，而是用寫作來救贖，和讀者促膝長談，讓他們知道你也許冷漠但非常貼心。」現在的王定國，不再是為了說故事才來寫作。

「我不是因為懶惰才不寫，而是真誠面對自己。」鍾曉陽認為，寫作者擁有不寫作的自由。許多作家面對創作困境時躲回習慣的寫法，「漂亮到人家看不出來你已江郎才盡。」

荷花盛開的初夏，我和滿頭華髮的詩人Y並肩走在奼紫嫣紅開遍的植物園中。Y幽幽告訴我：「我是一個失敗的作家，我寫得太少。」

Y四十歲前就完成了震動華人世界的代表詩集，卻在萬眾矚目中停了筆。他仍然留在文壇，當編輯寫散文，只是不再發表新詩，而大家還是稱他為詩人。那一天我才知道，Y對不再寫詩這件事耿耿於懷，視為一生的遺憾。

Y和L是超級好朋友，兩人一起出道、一起創辦詩刊，以詩為擂台相互較勁。四十歲之前，兩人選擇的創作跑道是平行的。但Y四十歲停了筆，L卻一直寫到生命最後一刻。

那天在初夏的荷花池畔，Y向我透露，書桌抽屜裡其實擺著未發表的詩稿，只是沒拿出來。我猜想，Y不想拿出無法超越自己的作品。L比Y多寫了四十年，但後期作品風格多變、褒貶不一，不像Y用不發表維持了作品的高度。

「寫出來是一種痛快；但不寫，也是一種痛快。」Y的目光落在燦爛盛開的荷花之上。那些選擇不綻放的花苞，藏起來的蓓蕾應當也擁有另一種美麗吧，雖然我們看不到。

寫或不寫，什麼樣的選擇才是對的？這是一道生命的選擇題。

林懷民二十多歲就寫出短篇小說集《蟬》。他參加美國愛荷華寫作營時，順從內心的聲音棄文從舞，回臺後創辦臺灣第一個職業舞團。雲門舞集邁入四十四週年時，林懷民站在國家戲劇院的舞台上宣布兩年後退休，不再帶著舞團全球奔波。他說，想回到淡水家中，安安靜靜地重新學會生活。

我問他是否會再拿起作家的筆，他說：「讓我先回家掃地，好好過日子吧。」

小說家G相信，寫作是一種命；命裡有時終須有，命裡無時莫強求。G寫第一本小說就大紅，沒寫幾本就停下了筆。她說自己寫小說就像坐牢，三餐靠先生送飯。每天寫作都像生命重啟，她從草稿的第一個字念到最後一個字，再接續寫下去，每天重新活過一次。然而靈感一旦消失，她變回原來的自己，回到再正常不過的生活軌道。

「算命師告訴我，我還有再寫一部小說的命。」

我看著在談話節目中高談闊論的前小說家W。想像著，在某天的某一個神祕時刻，螢幕裡的W走回書桌，詩人拿出抽屜中的稿子，編舞家放下手中的掃把，小說家遇到了自己的命。

歡迎對號入座

小說家白先勇搭機時遇到一位名女人，衝著他問：「你小說裡的尹雪豔，寫的是不是我母親啊。」

《臺北人》中的尹雪豔，踏著風一樣的步子，永遠也不老。小說出版後，引來許多人主動對號入座，認為寫的是自己，或是自己認識的人。歲月悠悠流轉，如今換成下一代來對號入座了。

「我當然不會承認。就算是，我也不會承認。」白先勇告訴我這段小故事時，語氣透著得意。小說家用筆虛構人物，卻有真實人物自動對號入座，就像書中人物突然活了起來，證明創作的魔力。這對作家絕對是恭維。

筆下人物突然活過來，還出現在自己面前，張愛玲也遇過。當《半生緣》以《十八春》之名連載時，一位女子來到張愛玲樓下公寓按門鈴。讀者問作家：「你寫的故事就是我啊，妳為什麼知道我的故事？」曼禎被親姐囚禁遭姐夫性侵的故事，就像上海灘會發生的社會新聞。

但對於許多在張愛玲小說中找到座位表的人與後代來說，這種經驗不怎麼愉快。

綜藝大姊大張小燕的母親是張愛玲的表姐，張愛玲的舅舅也就是張小燕的外祖父。這位舅舅曾出現在張愛玲作品〈花凋〉中，被外甥女尖刻的筆形容為「有錢在外面生孩子，沒錢在家生孩子」。或許因為如此，張小燕很少提及這位表姨媽。

到了《小團圓》，那簡直是對號入座的極致。讀完《小團圓》的張迷全身起雞皮疙瘩，原來祖師奶奶的小宇宙裡，住的可都是真實的人啊。

《小團圓》的手稿，曾被皇冠雜誌創辦人平鑫濤珍而重之雪藏了幾十年，因為張愛玲囑咐他，不要出版這本書。

張愛玲為什麼不願出版《小團圓》？眾說紛紜，有人說是為了胡蘭成，有人說是時機。但我認為祖師奶奶心明眼亮，作為一部可以對號入座的小說，《小團圓》的距離不夠。對號入座是一門高超的技藝，真實和虛構之間，必須有一個剛剛好的距離。這個距離可以帶給讀者一點想像，但又不能太過接近，讓小說淪為按圖索驥的八卦。

張愛玲曾在文章中招認，她偏愛「有原料的小說」，偏嗜它特有的一種韻味，也就是人生味。但這種意境像植物一樣嬌嫩，移植不對，小說便會死去。改寫自真實人生的「對號入座」，一不小心，人生味就變成了嗜血的社會新聞。

崇拜張愛玲的一位年輕女作家，發表的小說以她和老師的感情糾葛為原型。這部作品明明是小說，卻被讀者當自傳。女作家辭世後，小說成為「物證」，內容被談話節目當犯罪過程、檢調當犯罪證據，男主角也遭全民公審。最後查無證據不起訴，男主角雖得到法律上的清白，卻被輿論判有罪，終身都將囚禁於「對號入座」的枷鎖之中。

如果張愛玲在一九七〇年代便發表了《小團圓》，那時男女主角和書中一干人物皆在世，誰會被囚禁在「對號入座」的隱形監獄？

瓊瑤處女作《窗外》是更久遠的師生戀版本。這部取材於瓊瑤初戀經歷的小說，被愛情教主寫得如夢似幻，發表後瓊瑤和父母關係惡化，男主角則無法見容於杏壇。幾年後瓊瑤寫《幾度夕陽紅》，小說中的女主角李夢竹以母親為原型。母親對這次的「對號入座」卻相當滿意，小說成功修補了母女之間的裂痕。

讀者對「對號入座」有著一份渴望。武俠小說和現代生活八竿子打不著，但讀者偏偏要說，金庸筆下的小龍女是以古典美女夏夢為原型。金庸還是香港「長城」影業小編劇時，癡戀當時在「長城」掛頭牌的大明星夏夢。夏夢冷若冰霜，金迷言之鑿鑿，夏夢就是小龍女。

小說離人世太遙遠，人們需要八卦縮短這樣的距離。「對號入座」提供文本之外，一種猜謎解謎的八卦樂趣。

張愛玲的名言：「生命是一襲華美的袍，爬滿了蚤子。」如果小說是華麗的袍子，那麼八卦便是蚤子。張愛玲一定沒想到，把「對號入座」八卦價值發展到極致的《小團圓》，竟會成為她最暢銷的著作。證明這一個時代，讀者愛的不是袍子，而是袍子上的蚤子。在這個被網路和手機填滿的時代，八卦就是真理。人們熱愛八卦、需要八卦，讓瑣碎的八卦填滿瑣碎的生活。

在八卦的學問中，影射是一門曖昧的藝術，人物和影子之間不能太過清楚明白，必須有著影影綽綽的模糊美感。

十多年前，李昂寫了一本讓人忍不住「對號入座」的小說，狂銷二十萬本。某次記者會她特別提起這本書，說小說原型根本不是大家所以為的那位名女人。在場記者瞠目結舌，問是哪一位？她微笑回答，答案在她尚未完成的自傳中。

多年後，李昂又出版了一本小說，等於前作的續集或番外篇。新書發表會上，她近乎直白地昭告男主角是誰。但或許答案太過明白，失去解謎樂趣，這本期待讀者對號入座的小說，銷量遠不及前作。

作為專業出版人，平鑫濤想必明白「對號入座」的迷人與危險，因此遵守了對張愛玲的承諾，盡力不出版《小團圓》。但在差不多時間，他卻幫瓊瑤發表了一部「對號入座」的小說。

四十年後，平鑫濤前妻林婉珍，在自己的自傳《往事浮光》中，記下了這段故事。

那是三人感情糾纏剪不斷理還亂的時刻。瓊瑤寫小說《浪花》，描寫一個女畫家遇到畫廊老闆，在老闆的百般追求下，介入老闆與老闆娘的婚姻。當時還未離婚的平鑫濤，決定在主編的副刊上連載這部小說。每天早上打開報紙，林婉珍都會看到瓊瑤如何描寫這段三角戀情。

在瓊瑤筆下，擔任小三的女畫家百般美好、至情至性，為了愛情奮不顧身；元配則不解風情、沉悶乏味，還嫌貧愛富，為難兒子的女友和女兒的男友。某天畫廊老闆問妻子，到底懂不懂他的需求？老闆娘說，當然了解，每天她都會去買燒餅油條給他當早餐。

林婉珍看了苦笑。她在自傳中調侃大作家筆下的不合常情：「哪個太太會每天買燒餅油條給丈夫當早餐？」

小說登上報紙後，朋友為林婉珍打抱不平，認為整個故事刻意影射和醜化她。林聽了淡淡一笑，反過來勸友人「不過是小說，不必太在意。」但她心裡明白，整部小說寫來寫去，「對號入座」的目的就是要貶抑她。

真正擊垮林婉珍的，是丈夫不僅支持瓊瑤，還在副刊上連載這部小說。「但我能說什麼？我連發言的機會都沒有。」

每天早上打開報紙，妻子是用什麼樣的心情讀著丈夫和第三者的故事？沒多久林婉珍同意離婚，結束這段糾纏十年的三角戀情。

我把這部自傳讀了一遍又一遍。隔了半世紀，不是小說家的林婉珍，文字平淡如水，彷彿敘述別人的故事，字字卻都能讀出驚心動魄。小說家把「對號入座」當武器打感情的仗，一般讀者渾然不覺，當事人卻是千刀萬剮。這是我看過最厲害的文字戰爭。

當時的林婉珍沒有發言的機會。半世紀後她出版自傳，用第一人稱娓娓道出自己的版本，引起一陣驚濤駭浪。

對於小說家的「對號入座」，用真實人生來反擊，這真是最精彩的復仇。

出名要趁早

在貴賓雲集的雜誌週年慶活動上，一位平日謹言慎行的出版社發行人，沒來由地說了一句真心話。她說，國外的小說家多半都是在四十歲之後完成代表作，臺灣恰恰相反，代表作多半在四十歲前就完成了，「很奇怪」。

這句真心話讓台下快要打瞌睡的我立刻醒了過來。看看四周，聽眾繼續鼓著掌，大抵認為這是讚美之詞，稱讚臺灣多的是天才橫溢的早慧作家。

難道沒人認為這是感慨，感慨多數臺灣小說家四十歲之後江郎才盡？

「出名要趁早呀！來得太晚的話，快樂也不那麼痛快。」這是張愛玲的名言。

張愛玲十二歲得獎，二十歲出頭便是上海當紅作家。代表作《傳奇》、《十八春》、《金鎖記》，都是三十歲以前完成的作品。她在二十九歲那年離開上海，再也沒有回來。

離開上海後，張愛玲的筆沒有停下來，但張迷記得的始終是白流蘇、葛薇龍、顧曼楨……這些張愛玲在青春燦爛時創造的角色，和作者一樣青春正茂。

出名要趁早，彷彿成了張愛玲留給臺灣文壇的咒語。

臺灣文壇多的是早熟的天才。二十歲成名，四十歲前寫出代表作。

這可能跟臺灣特有的文學獎現象有關。在一九八〇、九〇年代，拿到兩大報文學獎好比鯉躍龍門，一舉成名天下知，催生眾多早慧的天才小說家。這些憑文學獎一夕成名的小說家，多數在四十歲前便抵達創作巔峰。

日本大師松本清張四十八歲交出處女作《西鄉紙幣》，以五十六歲寫的《零的焦點》達到創作顛峰。像他這麼「大器晚成」的小說家，臺灣幾乎找不到。

大陸小說家莫言獲諾貝爾文學獎時，一位跟他年紀相仿的臺灣小說家感慨回憶，莫言初次來臺時，沒人想到他會得諾貝爾獎。那時同代的臺灣小說家將後殖民、後現代文學等招式耍得虎虎生風，氣勢遠遠壓過還在一步一腳印耕耘鄉土文學、傷痕文學的對岸。幾十年過去，莫言這一代小說家一步步攀上頂峰，同代的臺灣小說家，許多人已換了跑道。

「如果我二十歲就一直寫，可能現在就累了。」六十多歲的詩人C告訴我。我們約在咖啡館裡敘舊，聊著聊著，聊到了臺灣文壇的青春現象。

詩人是一個青春的行業。小島上的人們相信，最好的詩出現應當出現在十八歲。如果你到四十歲才開始寫詩，恐怕寫不出什麼好詩。C卻是例外。她五十歲才開始寫詩，然後一直寫下去。和臺灣一票二十歲就寫出驚人詩篇的詩人相比，C擁有的是驚人的續航力。十多年來她一直寫一直寫，一篇寫得比一篇好。

C在國外居住多年。她觀察，臺灣小卻焦躁，媒體渴求明星卻喜新厭舊。作家很容易憑一部作品一步登天，也很容易被遺忘。

「寫作有一種表演性。臺灣作家喜歡表演，表演自己的人生，表演自己的才華。寫作不是有話要說，而是想表演自己。」C的話語浮蕩在夜晚的咖啡館，慢慢聚攏成一道安靜的河流。她說，作家如果貪戀表演自己，二十多歲開始表演，四十歲就累了、乏了。

臺灣文學獎眾多，高中生便可拿到獎金驚人的文學獎。我曾參加那樣的頒獎典禮，看著憑一篇小說贏得幾十萬獎金的高中生意氣風發，暗自替他們擔心。這麼年輕便嘗到創作的甜頭，一起步便得到這一輩子可能都不會再擁有的榮華，恐怕是幸運之神下的詛咒。

某次新書座談會上，讀者向一位年少成名的小說家發問：「為什麼你早期的作品這麼受歡迎，中年之後的作品卻讓我們這些讀者讀不懂、追不上呢？」小說家怒氣回答：「我不在乎讀者喜不喜歡我的作品。」

這是臺灣某一代作家的困境。初解嚴的臺灣文壇百花齊放。沒有了「人人心中有一個小警總」的審查制度，文學創作能量如洪水爆發；遇上渴求知識的讀者，閱讀胃口多元而廣博。那是出版人至今仍深深懷念的文學黃金年代，作家只要出得了書，總能找到一定數量的讀者。

進入地球村的網路時代，國外大師作品長驅直入，填補讀者的胃口；臉書等新社群網路崛起，顛覆讀者閱讀習慣。年輕時擁有大批死忠讀者的作家，進入中年都面臨舞台仍在、觀眾退席的窘境。

鍾曉陽四十歲之後交出了幽微蒼涼的《遺恨傳奇》，但大家記得的是她在荳蔻年華寫的《停車暫借問》。朱天心五十歲後交出了層次豐富的《初夏荷花時期的愛情》，但讀者請她簽名時，多數拿的還是她高中時代的《擊壤歌》。

如果閱讀口味代表一個社會的心智年齡，臺灣社會是否一直處在青春期，只喜歡青春的甜美與懵懂？

二〇〇九年，八十五歲的作家齊邦媛發表自傳《巨流河》，轟動華人世界。

「以前的人覺得六十五歲就要退休，八十歲覺得是一種 END。」齊老師到八十歲才提筆寫代表作《巨流河》，八十五歲完成。她告訴我，聽說很多人以她為典範，「年輕時好好玩，玩到八十歲再寫。」

齊老師研究英美文學多年，嫻熟各種寫作的技巧、理論。她寫評論寫散文，一直到了八十歲才動筆《巨流河》。

「《巨流河》是我這一輩子最想講的話。」齊老師說，她從年輕便開始醞釀這部作品，書中許多場景、人物與對話，這一輩子都在她的腦子中反覆翻騰。完成這部作品之前，她每一天都在腦中琢磨，要用什麼文字、什麼方式，述說這些銘心刻骨的記憶。

作家的處女作多半以自己的人生為素材。以齊老師的才華與人脈，她可以早早動筆，早早出書。但她用了一輩子，才醞釀寫出這本書。

「我的青春困於戰爭之中。到了八十歲，我想自己找一個屬於自己的地方，只有我和一枝筆的地方，把我所遇到的人、所看到的故事說出來。」齊老師說，人生只有走到這個階段，才能擁有如此清明的眼光，重新檢視自己的人生。

這些年，愈來愈多原本只是讀者的讀者，晚年提筆寫作。也有愈來愈多當年出名趁早的作家，在中晚年重出江湖，拿起鈍掉的筆，重新磨利。

我期待著，貪戀甜美青春的臺灣，終於學會了品味成熟與滄桑。

我們只要故事

她告訴我，為了幫一個個灣生找回在臺灣的記憶，她累到住進醫院。深夜，過世的外婆出現，輕輕撫摸她的額頭，為她拭去眼角淚水。這個靈異現象彷彿是上帝的指引，她大為振奮，「我想代表灣生這個族群告訴世界，他們的存在是有意義的，他們代表的是愛與勇氣的故事。」

她說，好多回到日本的灣生託她在臺灣戶政所尋找出生紙，因為他們認為少了這張紙，「生命少了一半」。她到花蓮拜訪戶政事務所，承辦人員一見面就告訴她，「我知道，你要找兩千八百名日本人的資料。」就在前一天，這位公務員感應到一群亡魂告訴她：「有位小姐要帶我們回家，請幫助她。」

故事還沒完。第二次採訪，她把眼神飄向遠方，幽幽說起，外婆在臺灣曾嫁給一位醫生，戰亂中失去蹤影。「我想找到外婆的初戀情人，代替外婆問，為什麼不去找她？你可知道，她一輩子都在尋找你、等待你？」

然後她在我面前抖開外婆為她製作的和服成年禮，邀我輕輕撫摸開滿整件和服、代表家徽的燦爛花朵，中間夾雜起伏如波浪的黑色線條。她說這象徵臺灣和日本之間的海洋，「外婆告訴我，這片海洋滿布驚濤駭浪，卻為她帶來自由。」

我想進一步問清外婆的故事，她充滿歉意表示，現在就得離開，趕飛機到花蓮，為一位日本爺爺尋找初戀情人。這十多年來，她就這樣憑一人之力，執行一個個漫長艱鉅的尋人任務，為一個個日本人找回在臺灣的家，完成一個個賺人熱淚的故事。

我聽了好感動，立即打住所有問題，要她趕快上機完成尋人任務。看著她急忙離去的背影，我深感慚愧此生虛度，沒大我幾歲的她竟然完成了這麼多事。完成報導後我自覺全身充滿正能量，不但寫了精彩的故事，還把好人好事的溫度傳下去。

那時我並不知道，自己參與了臺灣出版史上最大的詐騙案。這位每次出現總是行色匆匆，人生有如勵志電影的作家T，根據其書本的銷量與演講次數，詐騙了幾十萬名讀者。

作家T，宣稱自己是日本出生、臺灣長大的臺日混血兒，外婆是日治時期在臺灣出生的日本人，也就是所謂的「灣生」。謊言遭踢爆後，T承認自己是土生土長的臺灣人，口中的奶奶是她在火車站巧遇的日本婦人——就連此一說法也充滿漏洞，沒有任何證據可證明這位奶奶的存在。

T還曾宣稱自己總計探訪過二百一十三位灣生，為其中一百四十二位灣生取得出生戶籍謄本、九十七位灣生找到出生的家，為四位遺留在臺灣的日本小孩找到親人，為兩位引揚回日的藝妓找到遺留在臺灣的小孩，為一位灣生找到日本母親的骨灰，還為二十一位灣生找到初戀情人。

現在想想，這些數字過度精確到不合常理，而T好像一個錙銖必較自己捐了多少錢可抵稅的企業家。但當時揮筆記錄的我被感動沖昏了頭，忘記了質疑。

一位幫T寫序的作家知道實情後大嘆，閱稿時曾發現她描寫的動物習性明顯不合理，「但是，她這麼辛苦，我怎麼可以質疑？」

T宣稱為了拍紀錄片，賣房賣畫自掏腰包上千萬。這部紀錄片理所當然入圍電影大獎，頒獎那天T穿上黑色晚禮服，陪著步履蹣跚的灣生爺爺奶奶走上紅地毯，飲恨落敗時多少觀眾扼腕嘆息。沒得獎的遺憾反而刺激觀眾走進戲院，T的紀錄片創下票房奇蹟，她幫奶奶尋夢的故事成為全臺最感動人心的勵志故事。

T的謊言戳破後，社會為之震動。這個謊言歷時三年，包括兩本書和一部紀錄片、三百場演講。受騙者包括編輯、作家、記者、幾十萬名讀者觀眾，以及邀她到中研院演講的學者……

為什麼沒人識破拆穿？為什麼謊言像雪球愈滾愈大？

知道受騙後我努力搜尋腦中記憶，立刻翻出無數破綻。比方，她明顯的臺灣國語；比方，那襲繡著家徽的珍貴和服，竟然可以大剌剌攤在地上任我踩踏。而許多巧合和難以解釋的奇蹟，她統統以靈異經驗帶過……

沒多久我到香港採訪拍賣會，結束後和同行者一起打邊爐。那場拍賣會拍出了創紀錄的驚人天價，熱氣蒸騰的火鍋旁，大夥沉浸在舉槌落槌的刺激與興奮之中。我說起被T唬弄的經驗，義憤填膺中帶著懊惱。

小芬安慰我，這沒什麼，你就是被故事騙了啊。

小芬分析，T在自己身上創造了各種類型的故事：愛情、親情、友情、跨國、跨世代……甚至是靈異故事。如果不是這些俗套濫情的故事，怎麼會有這麼多人願意走進龐大複雜的歷史迷霧，閱讀學者早已研究多年的臺日歷史。

T是最會說故事的作家。但她不是用文字創造故事，而是用自己的虛擬人生創造故事。

「在這個時代，故事就是價值，甚至是唯一的價值。」

小芬任職拍賣公司。「故事就是骨董和藝術品的價值」，她舉例，故宮人氣國寶翠玉白菜，藝術價值並不高，來臺多年藏於庫房乏人聞問。直到故宮耆老那志良，為翠玉白菜說了一個帶著淡淡憂傷的愛情故事：翠玉白菜原是光緒皇帝寵妃珍妃之姊瑾妃的陪嫁；瑾妃不受光緒寵愛，翠玉白菜陪伴著她度過幽幽冷宮。而光緒和珍妃，又是一段哀傷的愛情故事。

「透過這個故事，翠玉白菜就連上了光緒、珍妃和瑾妃。」小芬說，有了故事，翠玉白菜不再只是翠玉白菜，還連上清宮的情愛糾葛，冰冷的文物遂飄出人間煙火，成為人氣國寶。

然而，迄今沒有任何史料可以證實，翠玉白菜是瑾妃的嫁妝。

何止骨董需要故事，名人也是啊。美食記者阿志說，一名紅遍臺灣的大廚，其手藝在業界眼中並無過人之處，全憑經紀人為他量身打造宛如勵志片的人生故事，讓人們享受他烹調的美食時，都能眼眶泛紅吃到奮鬥的滋味。

政治人物也是啊。跑過政治線的記者Ｃ，帶著我們分析學運出身的三名健將。其中一名外表英挺、一名擁有坎坷身世、一名人生平順卻缺乏故事。最後紅的自然是前兩名。

一直低頭玩手機的程式設計師小鳳，此時也加入討論。她說，ＡＩ雖然也可以寫出像人類一樣的小說，卻無法像人類一樣成為小說家，「因為ＡＩ沒有故事。」小說家有人生經歷、有故事，讀者讀小說家的作品時，會跟他的人生經歷參差對照，形成閱讀的樂趣，這是ＡＩ不會有的。

所以，作家也得有著曲折精彩的人生經歷，才會吸引讀者閱讀他的作品？

「你以為張愛玲為什麼會這麼紅？她的傳奇家族、坎坷人生和愛情，難道不是吸引讀者去翻動她垃圾桶的原因？」小鳳聳聳肩。

但是，你能確定ＡＩ身上不會有故事？難道ＡＩ不能像人類一樣，虛構自己的身世和故事？

「唉，到了那個時候，就是這個世界被濫情故事淹沒的時刻。」煮沸的火鍋噗噗冒著氣泡，大夥兒在瀰漫的香氣中忙著舉筷，結束這一晚的對話。

謊言戳破之後，Ｔ徹底消失，出版社宣布接受退書。關於Ｔ所曾帶來的動人故事，那些充滿愛與夢想的故事，隨著Ｔ人間蒸發，彷彿不曾存在。

然而我猜想，像Ｔ這種用虛擬人生說故事的人，永遠不會消失。他們生存在這個缺乏熱情和夢想的世界，隨時會從隙縫中跳出來，用一個設定精準的故事攫住人們的目光，賺取你我的感動。我們也許會痛斥他們的謊言、鄙夷他們的虛偽，但內心深處其實覺得還好有這些故事的存在，讓我們曾經擁有這麼一段時光，確實相信愛與夢想。

只要有故事，我們只要故事。

當作家變成董事長

照片上的他劍眉星目，眼神憂鬱得令人心動，是時下最夯的韓系花美男。但我眼前的他長相只能算秀氣，走在人群中不會引起注目。我一下明白了，為什麼經紀公司特別叮囑，採訪他時不能拍照，報導只能使用他公司提供的夢幻沙龍照。

「作家也需要賣臉嗎？」我心中嘀咕。

迎向我疑惑的眼光，G彷彿讀出我內心的獨白，理直氣壯告訴我：「我是作家，也是品牌，兩者兼具。」

二〇〇三年，十八歲的G出版首部長篇小說，便拿下大陸年度暢銷冠軍，此後作品部部破百萬本。二〇〇六年起公布的「中國作家富豪排行榜」，G幾乎年年上榜，多次勇奪榜首。

三十歲不到，G身家逾臺幣五十億。首次訪問臺灣，他站上講台告訴聽眾，數十億身家全靠寫作銷售而來，「從我出道以來，像我這樣的華人作家只有一個。」

文學開始衰微，卻有作家不僅擺脫貧窮宿命，還憑寫作賺進華人作家不曾用文字滾出的驚人財富。這當是一場激勵人心的演講，我在台下卻聽得坐立難安。

作家在華人社會擁有清高的地位——人們認為寫作賺不了錢，作家也不應當有錢。作家一旦賺了錢，最好安靜低調；因為人們會認為，如果你的作品太暢銷，肯定不是好作品。

但是，年紀輕輕就晉身富豪的G，不但憑寫作致富，還從不遮掩財富。他經常一身名牌，坐在豪宅中接受採訪，對著鏡頭展示自己擁有的各種奢侈品。他筆下人物也總是被奢侈品圍繞。G自編自導的電影，裡頭男男女女、主角配角、有工作沒工作，統統流轉於名牌世界。曾有網友統計，電影裡出現的名牌商品逾百次。

我決定單刀直入，直接問G對「高調炫富」的看法。「我只是選擇匹配自己的生活。」他的回答簡潔有力，沒有一絲猶豫。

孕育出G的上海，此時正像突然富起來的土豪，全世界的熱錢都湧到了這裡。G拍的炫富電影和小說，雖引來排山倒海的批評，票房卻取得巨大成功。

「我是當代中國第一個寫物質的作家，也是第一個寫當代上海的作家。」G說起自己的

「第一」，語調高亢激昂、毫不心虛。他說，新世紀的上海是「大陸第一個面對奢侈品的時代」，他在作品中刻畫物質生活是「必要的描寫」。

「創作不就應該反映時代？」他反問。

在他面前我說不出話，感到自己實在八股陳腐。

助理在G身邊轉來轉去，喊他「郭董」。多金還擁有出版集團的G，毫無疑問是兩岸文壇頭號「郭董」。

我決定再拋出問題挑戰G：「你認為，作家應該像明星、藝人那樣包裝嗎？」

這是跨界的時代，但沒有作家像G跨界得如此徹底。他頻繁上電視拍廣告、在微博秀出上健身房勤練的肌肉。G不僅把自己當明星經營，還把更多作家包裝成明星。他成立對岸第一個文學經紀公司，網羅近百位作家、漫畫家與插畫家。這批創作者擺脫社會對作家的刻板印象，總是裝扮入時、出入時髦派對。

彼時正是電視選秀在全世界崛起的時刻。G是全世界第一個把電視選秀搬進文壇、將作家推上星光大道的開路先鋒。他讓旗下作家在螢光幕前拋頭露面、比賽競爭，用文字以外的各種方法爭取讀者——如果，這些觀眾能變成「讀者」。

「紙本時代，好作品『酒香不怕巷子深』；但在網路時代，你得在街上吆喝才有人知道。」

G收斂起銳氣，眼神誠懇地看著我。他說，這個時代的讀者有太多選擇，再好的東西，不能通過有效的宣傳手段推廣出去，必然淹沒於海量的市場之中。

「這個時代要求年輕作家朝更加全能的方向發展。既擁有傳統文人那一份對寫作的堅持，也能走上商業舞台，為自己和讀者爭取閱讀空間。」他微笑看著我，自信地擺出商業雜誌封面人物的姿勢。

所以，所謂有效的宣傳手段就是「上電視」？作家光是有作品還不夠，還得具備上鏡頭的顏值、提供燈光美氣氛佳的沙龍照？

他似乎聽到我內心的聲音，滔滔不絕說了下去。「為什麼我暢銷，因為我寫得還可以。那麼多人外型比我好，讀者讀我絕對不是因為我的外型。」

我用力點頭。

「不管是實體書還是數位時代，作家外型再好，暢銷還是得靠作品本身。」G說，旗下八十多個作家中，曝光度最高的是俊男美女，但最具商業價值的，卻是一位從不露面的插畫家。

「但是，作家跟品牌並不是對立的概念。作家是公眾人物，具有公眾號召力，本身就具備品牌效應。許多品牌或具有品牌效應的人，都擁有獨特的文化深度及內涵，這跟大眾對作家的要求是不謀而合的。」

作家是公眾人物？在這麼一個「人人都可出書」的自媒體時代，作家都該來聽G的演講，保證聽完全身發熱、充滿希望。G的話語有一種宗教的力量，他旗下那上百個作家，想必也都受了這樣的感召與鼓舞，無所畏懼地走上星光大道。

我決定換一個委婉的問題：「你怎麼看暢銷作家？」

「一部作品偉不偉大，還是看它暢不暢銷。只是暢銷有兩種，一種是當代的寬度，一種是歷史的深度。」G舉例，《紅樓夢》在曹雪芹的時代不暢銷，但當它跨越了時代，卻成為傳世暢銷書。

我無力反駁。在這樣一個價值多元的時代，定位文學作品的標準如此混亂，唯一能達成共識的標準，只剩下銷量。

「網路時代的作家和傳統作家並無不同，創作的本源都是那一份強烈的表達欲，差別只在於他們首要注重的是閱讀樂趣，而非思想美學深度。」G語帶溫柔：「我期待自己的作品可以跨越時代，成為真正的暢銷書，不僅能吸引這一代的讀者，也能影響未來好幾代。」

助理暗示我，採訪時間到了。感到自己在這場採訪戰役中節節敗退，我想抓住最後一個問題最後一擊：「怎麼看待小說變成電影？為了讓作品可以拍成電影，小說家是不是必須放棄許多東西？」在影視時代，小說家和暢銷小說家之間的距離，往往只是一部電影或電視劇。

我以為，剛成為電影導演的G，會長篇論述作家和導演、文字和影像之間錯綜複雜的關係。他卻只拋出一句話，為這次採訪寫下堪稱完美的句點。

「我認為，作家最大的挑戰，是寫出一本無法讓影視改編的小說。」

我看著G，這位身兼多重身分的跨界作家，此刻正展露令人迷惑的微笑。我無法判斷，眼前的他究竟是作家G？還是品牌G？說的究竟是嚴肅的真心話，還是漂亮的場面話？

書腰的寂寞

深夜的小酒館，一群出版社編輯脫離了書稿聚在一起。他們輕晃手中的酒杯，在微醺的氣氛中，聊起工作與八卦。漫無邊際的聊天過後，不知道為什麼，大家談起了臺灣特有的書腰文化。

A說，一位新人出書，出版社為他找來一大票作家，推薦他的書。於是，新書的書腰密密麻麻排了十幾個名字，不偏不倚，剛好把封面上這位菜鳥作者的名字遮住。

B聽完說這沒什麼，另一家出版社的做法更絕。新書書腰上面放著斗大的推薦人名字，不僅把作者小小的名字遮住，還讓人誤認知名度極高的推薦人就是這本書的作者。

C聽了撇撇嘴，不勞出版社操心，一位作家出書，自己找來幾十名作家推薦，有名的、沒名的，書腰上密密麻麻都是人名。問他為什麼要找這麼多人推薦？他說自己朋友多、人脈廣，就算讀者不買帳，至少用書腰證明他有人挺。

D聽了不甘示弱，講了另一個故事。一位出身記者的作者，找來自己路線上的部長列名推薦。他出版的這本書，書腰掛了十多個部長的大名當推薦人，從他剛當記者那一年的部長一直列到出書這一年的這一任，沒有遺漏任何一個部長，等於一頁部長歷史年表。

E聽完大笑，接著嘆氣，難怪這個年代的美編都擔心失業。他們苦心設計的封面，一不小心就給最後殺出的書腰毀了。一九七〇年代的鬼才藝術家黃華成，曾為七等生等多位作家設計書籍封面，說出傳誦一時的名言：「好的封面設計，是這本書的第一次書評」。但這一代讀者，哪還有機會欣賞新書的「第一次書評」。

F不以為然。他說，書腰文化來自日本，臺灣卻將其發揚光大，讓日本人自嘆弗如。許多日本出版人來逛臺灣書店，都對比封面還精采的書腰嘆為觀止。書腰，可是最具臺灣特色的書店風景呢。

我忍不住問他們。那麼，書腰對於銷售，到底有沒有幫助呢？

A和B和C和D和E和F，難得異口同聲說：沒有。

那為什麼還要書腰？

「沒有為什麼，因為別人有，我們就得有。」

推開小酒館的門，我走進還沒打烊的書店，裡頭一本本書平躺，掛上五顏六色、密密麻麻的書腰。

書本躺在書店中，封面面對讀者。這裡躺著幾百幾千本書，一起面對匆匆而過的讀者，只有幾秒鐘的時間，攫住他們的目光……

於是我們有了書腰。

花花綠綠的書腰，就像臺灣電視新聞畫面，總是掛著不斷閃爍流轉的跑馬燈，把原來已經不夠乾淨的畫面擠滿，讓觀眾沒有時間和空間停下來思考。一如小島獨特的中華民國美學——不要留白、不要與眾不同。

如果書店是這個時代讀者的心靈寫照，書腰象徵這個世代的脆弱與需要——那麼多的作家和出版社害怕留白沉默、害怕寂寞、害怕與眾不同。在日趨下滑的閱讀率中，擠滿名字的書腰展示人脈與交情，在這茫茫的書海與人海中為作者吶喊助陣，為作者的寂寞撐腰。

深夜的書店只剩下我一人。我忍不住伸出手，輕輕撫摸這些書，想問它們：你們寂寞嗎？

名嘴的祕密

他走進來，辦公室瞬間安靜了幾秒。這是人們看到從螢幕走出來的人的普遍反應，彷彿看到從另一個世界走出來的人。這正是螢幕的魔幻之處，憑藉著螢幕，人們彷彿擁有新的力量、新的魔力。

這是第一次，我在螢幕之外，見到所謂的名嘴。

他是典型電視名嘴，出過書。同事說，他比一般滿嘴政治或八卦的名嘴多了藝文氣息，因此鞏固了一群死忠的粉絲。

名嘴坐下，專心對著手機做臉書直播。這是第一次，我用這麼近的距離、這麼真實的角度觀察名嘴，而不是透過螢幕。我發現，當他看著手機螢幕，臉上的線條立刻收緊，彷彿被一道看不見的光芒籠罩，進入一個新的世界。名嘴和周圍的芸芸眾生，遂有了一個模糊的距離。

凝視著螢幕，名嘴彷彿凝視著愛人。他降低音調，語氣溫柔，細心耐心地回答所有網友的提問，話語中夾雜著倫敦、巴黎、畢卡索、林布蘭、印象派……。這些象徵高遠藝術的名詞，在名嘴嘴裡閃爍接地氣的幽默。我聽得入神，難怪這麼多粉絲愛他。

直播結束，我看了看我隨手記下的筆記，驚奇發現，名嘴這些乍聽充滿智慧靈光的話語，一旦落入文字，就如雪花飄落地面迅速融化，撐不起一篇有邏輯與觀點的文章。那些柔軟的話語充滿破綻，頭頭是道的歷史典故與美術知識，錯誤百出。

「都是廢話啊。」另一位採訪過名嘴的同事走過來，「但說廢話還有人要聽，還有這麼多人聽，我們就做不到。」兩人同時笑了起來。

沒多久，臺灣爆發連串學歷造假風波。引發學歷爭議的包括一位作家、一位藝人和一位名嘴。作家的底被媒體連根挖出，寫了道歉聲明後徹底消失。藝人公開道歉，隨後更大的八卦浮出，蓋掉假學歷引發的質疑。藝人依然活躍於舞台，學歷風波反而讓她更具知名度。

比起作家和藝人，名嘴的假學歷風波微小如漣漪。他在節目中拿出一張宣稱是學歷的紙自證清白，風言風語從此打住，沒人追根究柢。

我和朋友相聚，無聊中聊起這一連串學歷風波。出國留過學的朋友A看過名嘴在電視上的自清，疑惑表示，媒體怎麼不像追作家謊言一樣，認真查一查他的學歷呢？

「也許，大家把名嘴當成藝人了吧。」在影視圈打滾甚久的B說，對藝人來說，無傷大雅的造假等同花邊，創造學歷跟製造緋聞差不多，觀眾習慣睜隻眼閉隻眼。

C是轉行當學者的前媒體人，此時清一清喉嚨，正色分析。他說，觀眾對作家和名嘴的要求不同，作家被戳破學歷造假便得道歉下台，因為事關誠信，誠信是真實的要件，而真實又是作品吸引大眾的關鍵。如果作家的可信度被打折扣，書中那些感人落淚的劇情，怎能引起共鳴？

至於名嘴，觀眾根本不在乎學歷。C說，學歷跟名嘴之所以成為名嘴沒有關係，再大的破綻都會在螢幕的柔焦之下模糊，輕輕放過。

「政治啊藝術啊，這些本質嚴肅的議題，跟電視前的觀眾有著距離。他們需要一張嘴，幫他們消化，撒上胡椒或糖，送到觀眾的面前。名嘴的條件，就是把正餐變成零嘴、將知識包裝成娛樂。」C說，換個角度思考，名嘴打破了專業的鴻溝，讓更多人更靠近政治和藝術呢。

我反駁。如果名嘴餵食給聽眾的，是包裝華麗卻毫無營養的垃圾食品呢？比如，對藝術知識的嚴重誤解，以及包裝偏見的政治判斷？

唉，誰管這個啊。觀眾又不是要考試寫報告。C打了個呵欠。

深夜，我走進一家小吃店買消夜。店中電視螢幕播放談話性節目，一位主持人加四位名嘴夸夸而談，螢幕底下眾生一邊大嚼，一邊死盯著螢幕。

生活在這座城市、這個國度的你，對這樣的畫面想必不會陌生。粗陋的布景、精簡的演員，卻是島國最長壽長銷的節目。明明是應該雄辯滔滔、腦力激盪的談話性節目，卻總是在城市快要打烊、人們臨睡前播出。

聽眾可以隨時入座、隨時離席；可以跟著一碗滷肉飯坐進小吃店，或是為了上廁所起身離開沙發；但不管何時入座、何時離席，永遠不會覺得自己離開了話題。為了讓觀眾隨時跟得上、永遠不嫌悶，名嘴談話的內容總是鋪滿了哏，一個高潮接著一個高潮。而再複雜的議題、再難解的情感，總會在名嘴口中得到符合禮義廉恥、四維八德等傳統價值的答案。其邏輯跟八點檔鄉土劇差不多——惡人有惡報、小三一定不得善終。

這世界趴搭趴搭地行走，用你我無法想像的速度。太多議題在你我面前刷刷刷翻開，人們需要解答。

名嘴想必摸清了這個城市的祕密。在這樣焦躁多變的時代，螢幕前的觀眾不要冗長的辯證或認真考證的結果。他們要的只是安心，一種讓你在關掉螢幕上床前不會以為世界充滿黑洞，一種相信一切都在安穩運轉的安心。能成為名嘴的人必定懂得觀眾的需求。他們學會在短時間內快速回應大量議題，懂與不懂、有點熟或不大熟，聽眾只給你三分鐘。

名嘴是洞悉城市祕密的人。他們知道聽眾需要的其實不是答案，而是被填滿。人們需要一種被填滿的快樂，讓他們在充滿空洞的世界裡，不會如此空虛。

每一天，我們打開電視電腦手機，在螢幕尋找答案。即使是如雪花般落地即逝、如泡沫般轉瞬破滅的答案，已足以讓我們在關上螢幕後，安心睡去。

一直寫一直寫

「你們這座島上的人，作家好像特別多啊。」一位法國作家來臺灣小住，發表了這樣的觀察。身為作家的朋友轉述這段話時，臉上表情並非引以為傲，反而有點無可奈何，「希望他沒發現，讀者特別少。」

臺灣作家特別多——這也是我剛入行的第一印象。

在我成為出版線記者的第一年，一名女子從事色情行業遭警察逮捕，聲稱自己是作家，為了寫作下海體驗紅燈生活。主管要我找到這位作家的相關資料，還要採訪文壇人士談對「作家下海」的看法。

我問，怎麼認定她是作家？「她說她拿過學校的徵文比賽名次；還有，她寫部落格。」主管相當篤定。

我還來不及打電話給文壇人士，社會組同事便傳來訊息，女子向警局坦承她就是色情行業工作者，所謂為了寫作體驗生活云云，只是為了脫罪。不過，她的確得過校內作文比賽名次，也寫過幾篇部落格。她自稱是作家，算不上說謊。

（事隔多年，這位得過作文比賽名次、寫過部落格的女子，會不會已經成為作家，開始下筆寫她的下海生涯呢。）

我成長的年代，作家恆常是報紙中閃亮的名字，一篇文章占據一整個版面，比影劇版上的大明星還星光熠熠。經此事件，我赫然驚覺，這個時代的這座島嶼，「作家」已成隨處可見、無須認證的頭銜。

臺灣作家特別多——這可是有數字認證的事實。十年前，臺灣出書量一年六萬多種，人均出書量排世界第二名。扣掉外文翻譯書兩到三成的占比，將臺灣成年人口數除新書量，平均每四百人，就有一人在這一年出過一本書。

這實在是驚人的數字。每屆臺北國際書展開幕時，歷任總統、文化部長總是沾沾自喜地提起臺灣名列前茅的此一世界排名。二〇一〇年起臺灣出書量開始下跌，一路跌到四萬種，但人均出書的頻率依然高踞世界前幾名。

和出書量同屬世界級的，還有低得驚人的閱讀量。某年文化部公布閱讀調查數字，臺灣人一年只閱讀兩本書，驚動全國。各方人士口誅筆伐，各界專家從種種角度分析臺灣人為何不愛讀書。隔年文化部再做同一調查，臺灣人均閱讀量急升數倍。

但不論是一人閱讀兩本，還是閱讀十本。一年六萬本的出書量，這些書究竟是誰在讀？

「所以，臺灣是愛書人的天堂（什麼書都有人出），卻是出版人的地獄（什麼書都沒人買）。」一位作家下了這樣的註解。

新世紀開啟了自費出版的自由大道。我看過不到十歲的孩子，在父母老師的陪伴下開新書發表會；也閱讀過無數銀髮族的自傳，他們在人生的最後階段拿起筆，把傳記當成人生最後一件重要的事。紙本書開始衰微的年代，出書卻彷彿成為全民運動，出版人預測，未來出版社的主要收入，不再來自讀者的購書費用，而是來自替作者出書的服務費用。

某次打開電視，一位剛出道的年輕藝人，口氣平淡地告訴記者，她在高中就寫了兩本書，比當明星更早出道當作家。還有一次在咖啡館中聽到一群主婦聊天。其中一位說，我出第五本書囉。周圍朋友們一陣歡喜讚嘆，接著聊其他話題，彷彿這位主婦剛買了一件衣服或一個包包。

還有什麼地方會像這座小島，把出書當成一件如此日常的事情？

「是我們這一代給了下一代錯誤的幻想。」一位在解嚴後靠出書賺大錢的出版社老闆告訴我，上一代創造了臺灣前所未有的出版奇蹟。他曾出版過一套文學暢銷書，讀者買書的現金，多到用一個個大痲袋裝滿綁好送到銀行。是這樣出版業千載難逢的黃金年代，讓這段時間長大的六〇後、七〇後，有了「出書會賺錢」的幻想與夢想。

在那樣一個求知若渴、臺灣錢又淹腳目的時代，人們拚了命地買書、讀書。相較於其他行業，出書的成本最小、風險最低、投資報酬率卻可以高達幾百幾千倍，吸引了很有賭徒性格的臺灣人。

但到了網路時代，出書賺大錢已是昨日黃花。老闆的這個理由無法說服我，這一個小島的人，為什麼這麼喜歡寫書、出書？

「在這個時代，出書就像印一張巨大的名片。」作家捏造身世學歷的醜聞爆發後，一位資深作家告訴我另一個答案。他分析，臺灣書籍上的作者履歷，都是作者自己寫的，出版社不會審查。在這份履歷中，作家可以創造學歷經歷，成為自己想成為的人。當人們把自己寫的書遞給陌生人，如同遞出一張超大的立體名片，向他們介紹自己。

這個理由還是不能說服我。社群時代要炫耀自己有太多方式，比方在維基百科自己編寫自己的履歷。要認認真真寫出一本書，總得要有一個更明確的動機和理由。

臺灣街頭的咖啡館經常滿座。我喜歡透過玻璃窗，觀察窗內那些對著電腦螢幕敲打鍵盤的人。他們多麼像水族箱裡的魚，口吐泡沫般的話語。那些泡沫般的文字在網路的海洋中浮浮沉沉，在消失之前，誰能準確地接住並繼續傳遞？

是什麼樣的時代，讓人們不愛閱讀，卻熱衷於書寫；是什麼樣的社會，讓人們無法認真傾聽，卻有滔滔的話要傾訴。是什麼樣的理由，吸引這個島上的人一直寫一直寫？

每次想到寫作這件事，我的腦中經常浮現一個人的臉龐。

他是八十歲的梅遜。接受我採訪時，梅遜已經盲了二十年，完成兩部長篇小說七十萬字。六十歲時，梅遜白內障開刀，雙眼手術失敗後全盲。這對作家是多麼大的打擊，但梅遜失明第三年就重新提筆。

他的書房位在廚房中，一張小小的桌子，上頭擺了三部錄音機。

三部錄音機各有功能。第一部錄初稿、第二部錄修改的稿子、第三部錄定稿。梅遜寫作時，先念出內容用錄音機錄下，接著放出錄音、邊聽邊寫；重聽一遍不滿意，他再錄、再寫。

梅遜擁有專屬稿紙——一疊三十二開的紙用夾子夾緊，綁上一把算落筆位置的尺。他每寫一個字，就要用尺去衡量下一個字的位置。他說，一開始用鋼筆寫作，常常寫到墨水乾了還不知道，只好改用飄著香水的原子筆，一旦香味消失，就知道墨水用完了。

寫了二十年後，梅遜可以準確地算出，一支原子筆的墨水可以用多久。

應我們拍照的要求，梅遜按下錄音機，在黑暗中極其緩慢地「爬格子」。閃光燈在他眼前此起彼落，看不見的他沒有任何反應，只是專注地沉浸於筆下世界。沒有光的這二十年，他寫了三百萬字。

為什麼要繼續寫下去？

「寫作很痛苦，但不寫更痛苦。」

會當一輩子的作家嗎？

「作家的『家』只是一個普通的名詞，就像農夫的『夫』、律師的『師』、歌星的『星』、演員的『員』……都是對人的一種稱謂，沒有特別的意義。三毛說過，作家就是『寫字的人』。」

為什麼現在才開始寫長篇小說？

「眼睛看不到，有好有壞。不方便，但可以專心。我以前不寫長篇小說，看不到後反而寫了。」

當梅遜的話語和相機的閃光都在黑暗中隱沒，我第一次聽見鋼筆在稿紙上敲打的聲音，如此沉重、如此充滿力量。

梅遜的長篇小說，寫的是他年少在大陸的經歷。梅遜那一代的人，有一半的人生被拋在巨大的海洋之外，有一段很長的歲月被禁止回憶、禁止訴說。如今，他在黑暗的遺忘之海當中奮力抓著筆，想把失去的東西抓回來。看不見讀者、看不見鎂光燈，梅遜就這樣一直寫一直寫。二十年來，在那樣靜寂而緩慢的黑暗中，他一字字寫下自己的前半生。那些即將消逝的記憶，在黑暗中是否特別清晰？

我始終忘不了梅遜的臉。那樣亮著光芒的臉龐，那樣的專注和喜悅，彷彿在黑暗中看到了什麼。

在這座充滿各種斷層的島嶼，歷史不斷被改寫、新聞轉瞬遭遺忘，人們恆常籠罩於龐大的記憶黑洞之中。於是我們嘗試用書寫來抵抗遺忘，想在虛空中創造一點什麼。縱然眼前一切如流沙般不斷流逝，我們只要提起筆、敲打鍵盤，就會透過文字感覺到自己的存在。

在記憶的黑暗之中，文字是唯一點亮的燈。我們握筆如刀如槍，一如在戰場揚起的塵沙中匍匐前進的兵，不知道這個找不到過去看不到未來的時代，會帶我們逃到哪裡。

我們只能一直寫一直寫。

犯罪小說之必要

我停下腳步，眼前的書架擺滿犯罪小說。多數來自歐美日，也夾雜著一兩本本土推理小說。

這裡是上海高級住宅區裡的一間書店。店裡的書架貼上「幼兒讀物」、「繪本」、「高中常備」等分類標籤，唯獨這個書架一片空白。倫敦和紐約的書店，掛著「犯罪（crime）小說」標籤的書架，恆常占據書店最顯眼的角落；但在這個同屬國際一線大城的都市之中，「犯罪」卻成了被隔離的字眼。

研究犯罪小說的英國作家保羅・弗倫斯（Paul French）說，大都市應當擁有大量精彩的犯罪小說。就像倫敦擁有柯南・道爾、洛杉磯擁有雷蒙・錢德勒、紐約擁有卜洛克、東京擁有宮部美幸、東野圭吾……

犯罪小說標誌著城市的詭譎與神祕——美麗的邪惡、迷人的危險，就這點來說，犯罪小說和旅遊指南一樣不可或缺。對城市感到恐懼的居民也應該閱讀犯罪小說，當他們翻閱書頁、跟著偵探的腳步走遍城市最危險黑暗的角落，祕密一一揭開，未知得到解答。闔上書頁，人們對城市的恐懼也隨著偵探結案消失，可以安心睡去。

華人城市卻是例外。從新加坡到香港、上海、北京、臺北……我們找不到足以代表這些城市的犯罪小說。

上海理應承受最大的質疑。老上海聚集世界各地來此淘金的冒險家、新移民，交織各種驚險的革命與間諜故事；而新上海遍布摩天大樓和陰暗破敗的里弄老房子，貧富差距就像這兩種建築一樣鮮明，是滋生犯罪小說靈感的搖籃。保羅．弗倫斯認為，這樣的城市，沒有像倫敦一樣孕育出像福爾摩斯或白羅這樣的紙上偵探，實在不可思議。

我和朋友在計程車上討論這個問題時，原本專心開車的師傅突然轉頭回了一句：「上海不會有犯罪小說。」他說，不久前上海發生一起搶案，搶匪搶走遊客包包，只跑了半小時就在街角被逮個正著。上海到處都有監視器和網路，「這樣的城市，怎麼會有犯罪？」

上海人的信心來自網路——鋪天蓋地的網路。在這個用互聯網重新打造的城市，人們拿支付寶上菜市場、在餐館用微博點菜。沒有手機、沒有網路，你就是這個城市的局外人、邊緣人。透過無形卻無所不在的網路，人們買個菜、吃個飯，一舉一動在大數據裡無所遁形。上海人相信，這樣的城市製造不出足以刺激犯罪小說家靈感的犯罪。

「如何在定罪率近百分之百的城市寫犯罪小說？」保羅．弗倫斯的一篇文章提出這樣的疑問。大陸所有城市，刑案起訴定罪率高達百分之九十九，沒有一點破綻和翻轉的空間，這樣的地方如何出產精密設局的犯罪小說？

但在犯罪小說家的眼中，上海是最好的舞台。

一百年前，美國犯罪小說家便鎖定了上海。一九三三年，波士頓小說家弗朗西斯（Francis Van Wyck Mason）第一個把上海連結上犯罪，他在《上海外灘謀殺案》中，安排在美軍軍情部工作的偵探諾斯，來到上海調查外灘一起謀殺案。

MJ Lee 原是在上海跨國廣告公司工作的現代倫敦白領。某天他漫步在夾雜於摩天高樓和歷史建築之間的上海里弄，迸出寫犯罪小說的靈感。他的筆穿越到一九二〇年的上海，讓一位流亡的白俄警探來到上海辦案，完成《上海死劫》、《陰影之城》等融合老上海歷史的犯罪小說。

這位被上海變成犯罪小說家的作家深信，犯罪小說是最足以詮釋上海的寫作形式。有很長一段時間，上海的外鄉人用遠比本地作家熱情的眼睛，關切犯罪小說這個題材；讓人們認為，非上海人才寫得出上海犯罪小說。生於上海的裘小龍率先打破了這個定律。只是，他得離開了上海才寫出來。

裘小龍是歐美最知名的犯罪小說家之一，定居在美國密蘇里州。他創作的陳探長系列，每本小說都以上海為背景，雖然他離開上海已足足三十年。裘小龍用英文創作上海犯罪小說。然而當他的作品翻譯成中文出版，書中的上海一律改名為「H城市」，雖然讀者馬上便可辨認書中顯而易見的石庫門、外灘與萬國建築。

他的犯罪小說也打破了一般犯罪小說的鐵律——正義未必打敗邪惡，光明不一定戰勝黑暗。在《中國之迷（*Enigma of China*）》裡，裘小龍讓陳探長動手調查一件涉及官方的犯罪案件，小說卻給了一個沒有結局的結局。裘小龍接受西方媒體採訪時表示，這個手法來自中國讀者的反饋。在中國，陳探長怎麼可能像福爾摩斯或白羅，成功找到罪案的最終答案，「我不應該給人們這樣的虛假感，認為陳探長可以解決一切事情。」

如果裘小龍沒離開上海，他還能寫出上海犯罪小說？

華人城市為什麼無法盛產犯罪小說？漫步在上海外灘，我和朋友繼續討論這個話題。大陸城市承載政府的嚴密監視，但臺灣呢？

臺灣不缺犯罪節目。我們這一代人，童年對「天眼」又愛又怕，青春時期沉迷於偷渡了X檔案、陰陽眼以及知名刑案的「臺灣靈異事件」；出了社會又接收「玫瑰瞳鈴眼」、「藍色蜘蛛網」……我們琅琅上口盛竹如配音的旁白「李組長眉頭一皺，發覺案情並不單純」，彷彿每個人都是偵探。

臺灣卻連一本人人叫得出名字的本土犯罪小說都找不到。

華人為什麼不盛產犯罪小說？我向詹宏志提出這個問題。他在遠流出版社任職時，規劃推出了「謀殺專門店」系列，定期出版推理小說。在臺灣，即使是描寫犯罪卻毫無推理過程的小說，也一律冠上「推理」兩字，自動卸除「犯罪」這個太過敏感的字眼。

那時剛發生南迴鐵路搞軌事件不久，三一九槍擊案的震撼餘波盪漾，社會瀰漫著一股對精密犯罪的高度興趣。就連我到香港採訪武俠小說大師金庸，他也興味盎然地問我擁有一切偵探小說元素的南迴鐵路搞軌事件，自己進行推理。

在臺灣，連一個鐵路售票員都可以設計出精巧複雜的犯罪案，為什文壇不能蹦出一個東野圭吾或宮部美幸？

「因為社會的氛圍和經驗不對。」詹宏志不加思索地回答我，想必推敲了這個問題良久，「犯罪推理小說必須在一個相信知識比正義更有用、相信知識能找到真相的社會，才能茁壯與成熟。」他認為，華人長期處在「包公做夢判案」的非理性階段，難以發展注重犯罪證據、推理過程的犯罪推理小說，「理性主義和法治社會是推理小說的基礎。」

臺灣鑑識中心首位主任翁景惠回憶錄的發表會上，執筆的社會記者告訴我，臺灣媒體報導刑案，總將焦點放在托夢、卜卦等怪力亂神上。但翁景惠一生不問鬼神問蒼生，近三十年的鑑證工作不曾聽聞鬼神之事，全靠科學破案。

重大案件如尹清楓、千島湖事件、劉邦友、彭婉如、新航與華航空難等，翁景惠親自參與鑑證。一九八四年華南銀行搶案發生後，他帶著涉案的槍枝、彈頭，前往美國李昌鈺的實驗室複檢，在李的指導下學習各種鑑定知識，兩人建立起深厚的師生關係。翁景惠被封為「臺灣福爾摩斯」，可惜因癌症英年早逝。如果他沒那麼早離開，或許可以為臺灣完成一部相信知識與科學的犯罪小說。

詹宏志告訴我，倫敦、巴黎和紐約是他心中的「推理之城」，擁有最多的「駐市偵探」。

我反問，華人世界的推理之城在哪裡？

「一個警察會打人的城市，寫不出真正的犯罪推理小說。」詹宏志對臺北寄予厚望，認為一旦臺灣法治逐漸成熟，臺北應當是下一個推理之城。

這些年，大陸出現大量崛起於網路的犯罪小說。就像上海這間書店架上所展現的，在那樣表面上秩序嚴密的社會，人們還是有閱讀犯罪小說的欲望。這些犯罪小說多是專業人士所寫，如警察學院教師雷米；背景卻是架空的，不能指涉任何一個真實的城市、不能質疑城市表面的理性與秩序。

這些年，臺灣成立了推理作家協會，每年舉辦犯罪推理小說大賽。國際犯罪小說家也開始把眼光移到臺北，華裔美籍推理作家林景南，三部犯罪小說《鬼月》、《激怒》、《九十九種死法》，皆以臺北夜市為背景。

連擅寫評論與散文的作家龍應台，在完成生平第一本長篇小說之後，也忍不住透露最想寫的其實是犯罪小說。多年前高雄監獄發生的六名神祕犯人自殺事件，一直是縈繞在她心中的題材。

日本犯罪推理作家島田莊司，兩年一次來臺擔任「島田莊司推理小說大賽」評審，獲獎者不僅出書，還可以受到島田的指點。

島田莊司跟裘小龍經歷相同。他定居美國洛杉磯多年，小說寫的卻永遠是日本；筆下的偵探雖是虛構，卻經常處理現實世界中的離奇刑案。島田曾根據日本現代兩大懸案「秋好事件」、「三浦和義事件」寫犯罪小說，在小說中提出自己的解答。

初見島田莊司時，快六十歲的他身穿黑色皮衣皮靴，眼神銳利冷靜。他說，寫犯罪推理小說的動機不是破案，而是藉小說剖析日本的冤獄問題、探討廢止死刑的可能。「犯罪推理小說的原點就是平反冤罪。如果人人能具有推理的理性精神、邏輯推理能力，可以彌補司法制度的不足，讓混亂的時代更理性、公平。」島田認為，每座城市都需要一個犯罪小說家，替他們挖掘城市的黑暗，重建城市的內在秩序。

「臺灣肯定會出現精彩的犯罪小說家。」他堅定地告訴我。

我漫步於上海外灘，注視著遠方浮在黃浦江上的那一抹夕陽，光芒模糊而詭譎。黑夜快要降臨了，眼前的城市即將顯露迥異於白天的面貌。華文世界的推理之城，也快要浮現了吧。

國家圖書館出版品預行編目資料

我們不在咖啡館：作家的故事，第一手臺灣藝文觀察報導／陳宛茜著 . -- 初版 . -- 新北市：遠足文化, 2020.11
320 面；14.8×21 公分 .
ISBN 978-986-508-078-5（平裝）

863.55　　109015990

我們不在咖啡館：作家的故事，第一手臺灣藝文觀察報導

作　　者——陳宛茜
編　　輯——王育涵
總 編 輯——李進文
執 行 長——陳蕙慧

行銷總監——陳雅雯
行銷企劃——尹子麟、余一霞、張宜倩
封面設計——江孟達工作室
內文排版——張靜怡

社　　長——郭重興
發行人兼出版總監——曾大福
出 版 者——遠足文化事業股份有限公司
地　　址——231 新北市新店區民權路 108-2 號 9 樓
電　　話——(02) 2218-1417
傳　　真——(02) 2218-0727
客服信箱——service@bookrep.com.tw
郵撥帳號——19504465
客服專線——0800-221-029
網　　址——https://www.bookrep.com.tw
臉書專頁——https://www.facebook.com/WalkersCulturalNo.1
法律顧問——華洋法律事務所　蘇文生律師
印　　製——呈靖彩藝有限公司

定　　價——新台幣 370 元

初版一刷　西元 2020 年 11 月
Printed in Taiwan